L'HÉRITIÈRE DE FERROLIA

L'HÉRITIÈRE DE FERROLIA

LE RÈGNE DE L'ÉPERVIER

GUY BERGERON

ÉDITIONS
SCARAB

Éditeur : L.P. Sicard
Révision éditoriale : Sylvie-Catherine de Vailly
Révision linguistique : Sophie Beaume
Conception de la couverture : Mathieu C. Dandurand
Photos de la couverture : © Getty images
Conception de la carte : Bruno Bernard
Mise en pages : Catherine Bélisle

ISBN papier : 978-2-89765-504-4
ISBN PDF numérique : 978-2-89765-505-1
ISBN ePub : 978-2-89765-506-8

Première impression : 2020
Dépôt légal : 2020

Bibliothèque et Archives nationales du Québec
Bibliothèque et Archives Canada

Éditions Scarab Inc.
1471, boul. Lionel-Boulet, suite 29
Varennes (Québec) J3X 1P7, Canada
www.ada-inc.com
info@ada-inc.com

Imprimé au Canada

Participation de la SODEC.
Nous reconnaissons l'aide financière du gouvernement du Canada par l'entremise du Fonds du livre du Canada (FLC) pour nos activités d'édition.
Gouvernement du Québec — Programme de crédit d'impôt pour l'édition de livres — Gestion SODEC.

Catalogage avant publication de Bibliothèque et Archives nationales du Québec et Bibliothèque et Archives Canada

Titre: L'héritière de Ferrolia / Guy Bergeron.
Noms: Bergeron, Guy, 1964 août 31- auteur. | Bergeron, Guy, 1964 août 31- Règne de l'épervier.
Collections: Collection Scarab.
Description: Nouvelle édition. | Mention de collection: Collection Scarab | Édition originale : Montréal : Éditions Porte-bonheur, 2010. | Sommaire: 3. Le règne de l'épervier.
Identifiants: Canadiana (livre imprimé) 20200084496 | Canadiana (livre numérique) 2020008450X | ISBN 9782897655044 (vol. 3) | ISBN 9782897655051 (PDF : vol. 3) | ISBN 9782897655068 (EPUB : vol. 3)
Classification: LCC PS8603.E684 H47 2020 | CDD jC843/.6—dc23

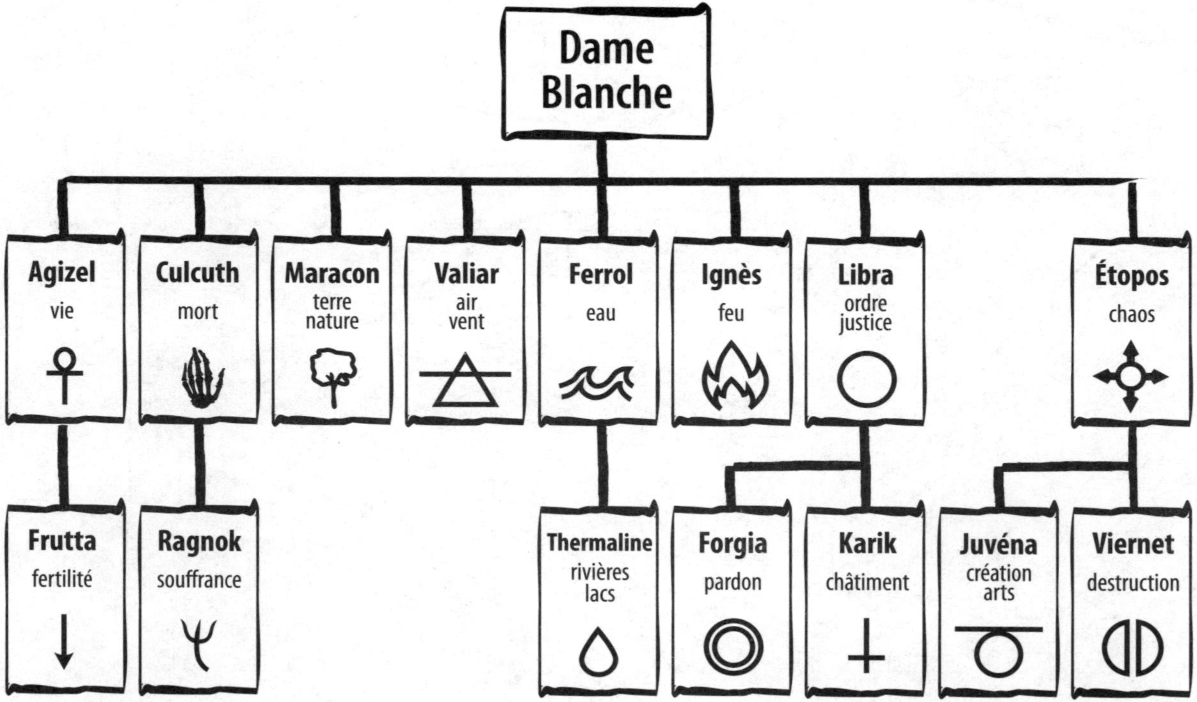

Dame Blanche
Agizel
vie
Culcuth
mort
Maracon
terre
nature
Valiar
air
vent
Ferrol
eau
Ignès
feu
Libra
ordre
justice
Étopos
chaos
Frutta
fertilité
Ragnok
souffrance
Thermaline
rivières
lacs
Forgia
pardon
Karik
châtiment
Juvéna
création
arts
Viernet
destruction

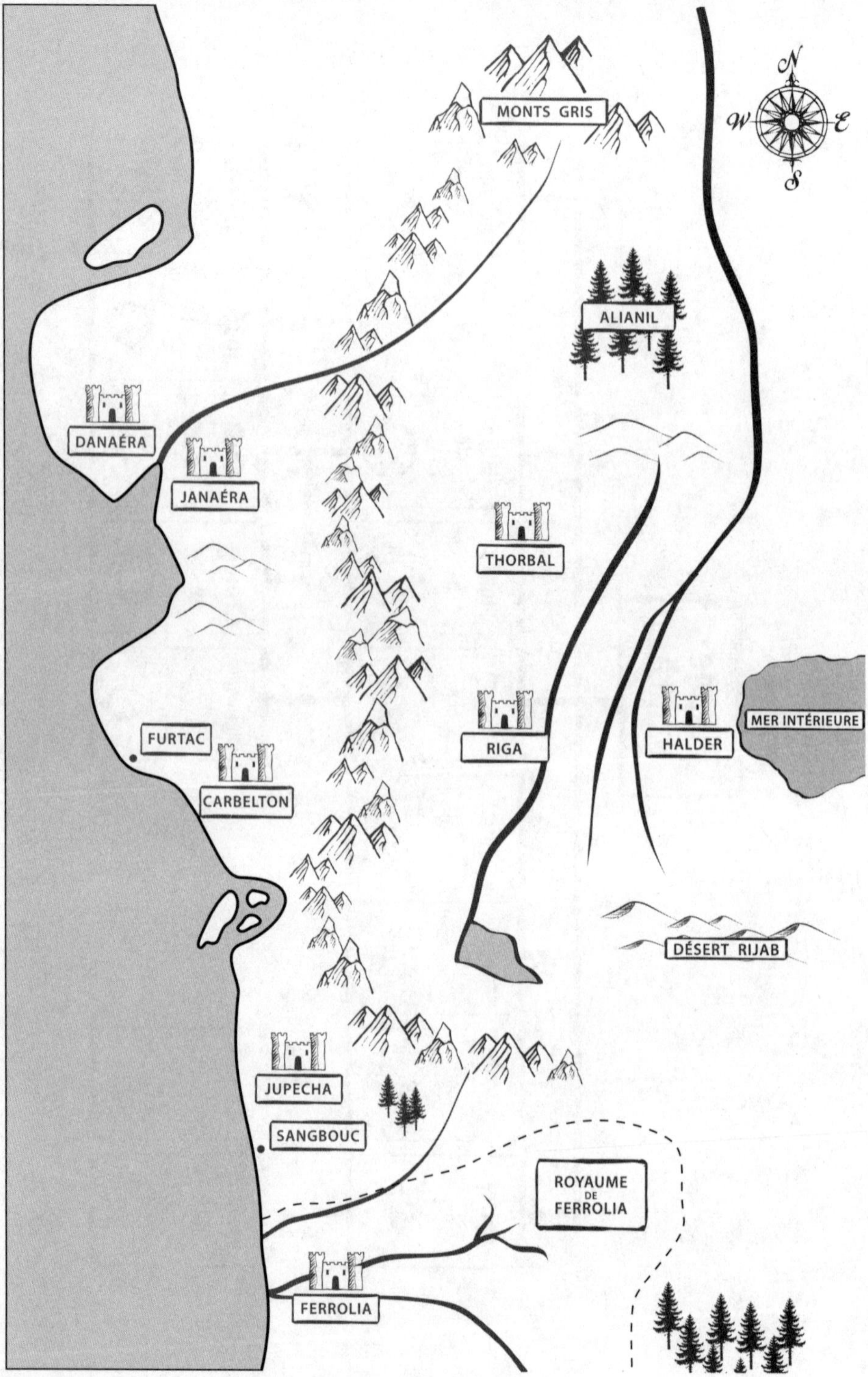
MONTS GRIS
N
W
E
S
ALIANIL
DANAÉRA
JANAÉRA
THORBAL
RIGA
HALDER
MER INTÉRIEURE
FURTAC
CARBELTON
DÉSERT RIJAB
JUPECHA
SANGBOUC
ROYAUME
DE
FERROLIA
FERROLIA

À mes frères et sœurs, ainsi qu'à mes amis
qui m'ont côtoyé au fil des ans.

PROLOGUE

— Donne-moi tes mains, dit la Dame Blanche à Agizel.

La déesse de la vie les tendit à sa mère, qui les serra doucement et lui sourit, tandis que la douleur d'Agizel, liée à la perte de Culcuth, son frère adoré, s'estompait. La Dame Blanche dirigea les mains de sa fille vers son ventre arrondi par l'enfant qu'elle portait. Agizel sentit que la vie y prenait rapidement forme et elle leva vers sa mère de grands yeux bleus, empreints d'étonnement.

— Je n'ai jamais rien ressenti de tel. Cet être sera fort, chuchota Agizel avec déférence.

Libra se tenait un peu en retrait, observant la scène. Ces derniers jours, elle avait tenté de consoler sa sœur éprouvée, sans y parvenir, ne sachant pas comment aborder le sujet et trouver les mots pour apaiser sa douleur. La plupart du temps, elle s'était contentée d'être présente, au cas où Agizel aurait voulu lui parler. Elle était tout de même parvenue, par sa seule présence à créer un lien solide avec sa sœur. Libra était contente de constater qu'elle ne lui tenait pas rigueur de ce qui s'était passé. La déesse de la justice avait craint qu'Agizel éprouve un certain ressentiment envers elle, puisqu'elle s'était opposée à Culcuth. Elle avait craint que sa sœur la considère comme responsable, du moins en partie, de sa mort.

Libra avait demandé conseil à sa mère, qui l'avait encouragée à prêter une oreille attentive à sa sœur.

— Agizel est très émotive et elle aimait Culcuth. Elle aura besoin d'une épaule pour pleurer et d'une personne sur laquelle elle pourra compter, lui avait-elle dit.

Libra avait donc été là pour Agizel, heureuse également de constater que d'autres dieux se souciaient aussi de sa condition. La déesse de la justice n'avait pas été surprise de voir son fils Forgia tisser des liens très étroits avec sa tante. Le dieu du pardon faisait toujours preuve d'empathie et savait mettre les autres à l'aise. On n'hésitait jamais à se confier à lui, à trois exceptions près: Culcuth le détestait simplement parce qu'il était le fils de Libra, Ragnok, dieu de la souffrance, suivait les traces de son père, et finalement Ferrol, parce qu'il était le plus renfermé de tous.

À la suite des épreuves subies, et surtout depuis la mort de Culcuth, il s'était créé un rapprochement entre frères et sœurs. Même Ragnok s'était passablement adouci.

La déesse de l'ordre et de la justice regarda sa mère et sa sœur, alors que cette dernière retirait lentement les mains du ventre de la Grande Mère.

— Tu verras, Agizel, dit la déesse suprême en souriant toujours. Tu aimeras cet enfant, tout autant que Culcuth. N'oublie pas qu'il aura en lui une part de ce qui était le meilleur de ton défunt frère. Je compte sur toi pour le guider dès sa naissance.

— Je m'occuperai bien de lui, répondit Agizel en reculant d'un pas.

Libra remarqua que le poids de la tristesse voûtait un peu moins ses épaules. Elle s'approcha et posa une main sur le bras de sa sœur.

— Tournons-nous vers l'avenir, dit-elle. Nous aurons beaucoup à faire, mais je sens une vague d'optimisme m'envahir quand je vois comment les dieux se comportent actuellement.

Agizel acquiesça d'un signe de tête.

— Tu as raison. Ce qui est fait est fait. Je vous remercie toutes les deux de m'avoir réconfortée. Je dois vous laisser, Forgia m'attend.

La déesse de la vie disparut, laissant Libra et la Dame Blanche seules. Libra poussa un soupir de soulagement. Elle avait craint que sa sœur se dresse non seulement contre elle, mais aussi contre leur mère en assistant à la mort de Culcuth. Libra n'avait pas eu peur qu'Agizel en vienne aux coups, mais cette dernière avait beau avoir un caractère doux et être sensible, ses pouvoirs n'en demeuraient pas moins immenses, puisqu'elle était l'aînée des dieux.

— Nous quitterez-vous bientôt ? demanda Libra en regardant sa mère.

— Je vais demeurer ici encore quelque temps. Je veux observer la synergie entre vous. Et je souhaite garder un œil sur la population d'Arménis, plus particulièrement sur nos jeunes amis.

— Servia et Keiko ? demanda Libra, la surprise arquant l'un de ses minces sourcils.

— En effet, confirma la Dame Blanche. Bien que leurs épreuves soient terminées, je crains que leur route soit encore parsemée d'embûches.

— Pauvres petits, ajouta Libra en secouant la tête. Ils auraient mérité un peu de tranquillité et de repos.

— C'est leur destin de devoir surmonter toutes ces épreuves, philosopha la Dame Blanche. J'ai pensé à quelque chose pour eux.

— De quoi s'agit-il ? demanda Libra, intriguée.

Sa mère ne lui répondit pas, elle se contenta d'afficher un sourire énigmatique. Libra haussa les épaules, salua sa mère et quitta à son tour la grande salle dans laquelle elles se trouvaient. La Dame Blanche demeura seule, plongée dans ses réflexions. Tout semblait bien aller du côté des dieux, même si elle savait qu'ils avaient encore besoin de conseils. Elle songea ensuite à cet enfant qui grandissait en elle. Ce nouvel être puissant qui prendrait la place de Culcuth et deviendrait dieu de la mort. Finalement, elle pensa à Arménis et à ses habitants. Elle se demandait si elle n'était pas arrivée trop tard et si le mal que Culcuth avait occasionné n'était pas trop important pour que les torts faits aux habitants puissent être réparés. Seul le temps lui permettrait de répondre à ses interrogations. L'image de Servia et Keiko la fit sourire et ses yeux opalescents devinrent encore plus brillants.

I

ORIGINES

Darius avait d'abord conduit Servia et Keiko dans sa cabine. Il y avait convié son second, Paolo, un homme robuste d'une trentaine d'années, qui aurait pu être bel homme, n'eussent été les cicatrices sur son visage.

Darius prit le temps de leur raconter son récit en commençant par cette agression qui l'avait laissé pour mort dans un caniveau, par les fiers-à-bras du capitaine du bateau sur lequel il se trouvait à l'époque, un beau navire nommé *L'Étoile*. Il leur expliqua que ces hommes lui avaient volé toute sa fortune destinée à l'acquisition de son propre bateau. Quand le capitaine avait appris que Darius n'était pas mort, sauvé *in extremis* par un prêtre de Ferrol, l'instigateur de l'attaque quitta Ferrolia pour ne jamais y revenir. À la suite de cette agression, Darius ne fut plus le même l'homme. Après une très longue convalescence, qui s'était étirée sur plusieurs pénibles années, où il lui fallut réapprendre à marcher et à parler, il dut recommencer au bas de l'échelle en embarquant comme cuisinier à bord du *Geignard*.

Servia fut plus attentive au discours de Darius quand celui-ci en vint au moment de sa rencontre avec Torkil, son père adoptif qu'elle appelait Thomas. Le capitaine lui raconta l'arrivée de Torkil et de Bernadette, la vieille nourrice, sur *Le Geignard*, puis comment, au fil des jours, il s'était lié d'amitié avec l'ancien garde royal. Il décrivit la mort horrible de Bernadette lors de l'attaque du bateau par un kraken et souligna le courage de Torkil, qui était quasiment parvenu à lui seul à repousser le monstre marin.

Torkil avait confié à Darius que le bébé que la nourrice et lui escortaient était en réalité Miranda, fille du roi Hatios de Ferrolia et de la reine Dalia. Un drame effroyable les avait forcés à quitter précipitamment le royaume. Au début, Darius ne l'avait pas cru, mais en le voyant manier les armes lors de son combat contre le kraken, il avait rapidement changé d'idée. Torkil lui avait tout raconté et lui avait également montré les bijoux, dont la bague que Servia possédait. Il tenait à ce que quelqu'un de confiance connaisse les tristes événements qui les avaient poussés à fuir.

Servia écouta le récit de Darius sans l'interrompre, l'observant sans cacher son incrédulité.

— Supposons que vous dites vrai, dit-elle. Vous saurez sûrement me décrire mon père, celui que vous nommez Torkil.

— Bien sûr, répondit Darius, avant de se lancer dans une description détaillée de l'homme en question.

Keiko regarda Servia, qui lui adressa un imperceptible mouvement de la tête, confirmant la justesse de la description.

— Vous avez donc connu ma mère ? le questionna Servia avec plus d'intérêt. À quoi ressemble-t-elle ? Habite-t-elle encore au château ?

— Je n'irai pas jusqu'à dire que je l'ai connue. Je l'ai aperçue quelques fois, lors des rares défilés auxquels j'ai assisté. Cependant, j'en ai beaucoup entendu parler. Elle était très belle… En vérité, je n'aurais qu'à vous tendre un miroir afin que vous voyiez à quoi elle ressemblait. Ses cheveux étaient toutefois très longs, contrairement à vous.

Servia se sentit rougir. L'homme venait de lui affirmer que sa mère était très belle, et ensuite, qu'elle lui ressemblait en tous points. C'était la première fois qu'on lui adressait pareil compliment. Soudainement, elle réalisa que Darius parlait au passé de la reine de Ferrolia.

— Vous parlez d'elle comme si elle était décédée. Est-ce le cas ?

— J'en ai bien peur, répondit Darius en baissant les yeux et en se frottant nerveusement les mains. Voici maintenant la partie de l'histoire la moins réjouissante. Vous aurez certainement de la difficulté à l'accepter, mais j'estime que vous devez savoir ce qui s'est passé. Votre vie a été entièrement chamboulée à cause de ces événements. Mais j'y pense, avez-vous encore des crises comme lorsque vous étiez petite ? demanda-t-il brusquement en posant ses yeux sur elle.

Servia perdit le souffle, comme si quelqu'un venait de lui asséner un bon coup de poing au ventre. Sa mère était morte. Cela l'attristait, mais ne la remuait pas outre mesure, Torkil le lui avait déjà laissé entendre. Que Darius sache qu'elle avait été sujette à des crises l'ébranla davantage. Comment l'avait-il appris, sinon parce qu'il en avait été témoin ou que quelqu'un le lui avait dit ? Ses allégations prenaient tout à coup un inconfortable aspect véridique. Elle sentit le bras réconfortant de Keiko sur ses épaules.

Depuis le début, Keiko avait écouté le récit du capitaine avec une fascination mêlée de scepticisme, mais ses yeux étaient restés constamment fixés sur son amie, surveillant ses réactions, prêt à l'appuyer au besoin. C'était exactement ce qu'il venait de faire et Servia apprécia son geste. Il fallut près d'une minute à la jeune fille pour remettre ses idées en place.

— Je n'ai plus de crises depuis près d'un an. J'espère qu'elles ont cessé pour de bon, dit-elle d'une voix chevrotante. Mais, continuez votre histoire, je vous prie. Je suis curieuse de savoir comment nous sommes arrivés à…

— Sangbouc ? l'interrompit Darius en souriant. Je me souviens très bien quand nous vous y avons déposés.

Servia secoua la tête, sidérée. Elle était sous le choc et elle avait de la difficulté à croire, malgré toutes les preuves que lui fournissait Darius, qu'elle était vraiment l'héritière du trône de Ferrolia. Pour elle, il ne s'agissait que d'une contrée lointaine dont elle avait peu entendu parler.

Darius leur fit servir un peu de vin. Les quelques gorgées que prit Servia l'aidèrent à se calmer. Le capitaine attendit patiemment que la jeune fille se ressaisisse. Il semblait hésitant et mal à l'aise. Servia le remarqua.

— Allez-y, capitaine, racontez-moi la suite sans mettre de gants blancs.

— Bien, soupira Darius. Au moment de votre naissance, le roi Hatios menait depuis plusieurs années la destinée du royaume de Ferrolia d'une main de fer. Pardonnez-moi de vous le dire, mais disons que plusieurs, au sein du royaume, le considèrent comme violent, ambitieux, voire cruel. Il ne gagnera jamais de concours de popularité, son règne en est un de tyrannie. Jusqu'à votre naissance, le royaume prospérait et son peuple acceptait plus facilement ses petits travers. Lorsque vous êtes née, il s'est réjoui d'avoir enfin une héritière. Quand les premiers signes de votre maladie sont apparus, il a fait mander plusieurs guérisseurs et prêtres. Devant leur incapacité à vous guérir du grand mal qui vous habitait, le roi s'est emporté et il a tué un prêtre de Ferrol. Les prêtres du dieu de la mer lui ont alors tourné le dos. C'était le premier d'une série de malheurs qui se sont ensuite abattus sur Ferrolia. Il y a eu des épidémies et des famines, les royaumes avoisinants ont refusé de commercer avec Hatios, qu'on disait maudit des dieux. Afin d'apaiser le courroux de ces derniers, il a décidé de…

Darius se passa la main sur le visage, avant de rajouter avec hésitation:

— Il a décidé de vous sacrifier sur l'autel de la chapelle de Ferrol, poursuivit-il mal à l'aise, n'écoutant pas le grand prêtre qui lui interdisait de faire cet effroyable geste.

Keiko serra davantage Servia qui, livide, attendait la suite, les lèvres serrées.

— Comprenant que le roi irait jusqu'au bout de sa folie, le grand prêtre de Ferrol courut avertir votre mère qu'il tenait en haute estime. Celle-ci demanda de l'aide à Torkil. Votre « père » m'a raconté que le roi allait vous transpercer le cœur de sa dague lorsqu'ils arrivèrent sur place. Torkil combattit deux soldats fidèles à Hatios, et blessa le roi. Dalia demanda à Torkil et Bernadette, votre nourrice, de fuir et de vous cacher loin de la colère du roi. C'est ainsi que vous êtes arrivés sur notre bateau… Vous connaissez la suite.

— Que s'est-il passé cette nuit-là, à Ferrolia, à la suite de ces événements? demanda Keiko, qui était demeuré muet jusque-là.

— L'histoire officielle raconte qu'un traître s'en est pris au roi, qu'il a enlevé l'héritière, et qu'avant de se sauver avec sa complice, la nourrice de l'enfant, il a tué la reine.

Les yeux de Servia s'arrondirent et son teint blêmit en comprenant ce que cela signifiait.

— Mon… vrai père aurait donc tué ma mère ce jour-là? demanda Servia, interloquée. C'est impensable.

— J'ai bien peur que ce soit la vérité. Torkil n'aurait pas inventé une telle histoire, c'était un homme d'honneur. On racontait déjà, à l'époque, que le roi s'en prenait fréquemment à la reine. Aux dernières nouvelles, ajouta-t-il après un instant, il était toujours le souverain de Ferrolia. Il ne se serait jamais remarié et n'aurait pas eu d'autres enfants. Je ne suis jamais retourné là-bas depuis qu'une épidémie a complètement décimé ma famille. Abraham m'avait volé mon bien, et cette foutue maladie a fait pire, elle m'a enlevé ma femme et mes deux petites filles. Je n'avais plus aucun intérêt à y retourner.

— D'autres personnes que vous sont au courant de cette histoire ? demanda Keiko en tendant sa coupe de vin à moitié pleine à sa compagne, qui venait de vider la sienne d'un trait.

— Je l'ignore, répondit Darius en haussant les épaules. Je lui avais promis, je n'ai jamais dévoilé son secret. Je suis désolé de vous transmettre de si mauvaises nouvelles.

Servia se frotta le front, songeuse.

— Capitaine, je voudrais sortir un instant, je souhaite discuter seule à seul avec mon ami.

— Bien sûr, dit Darius en levant une main, mais vous n'avez pas besoin de sortir, nous allons vous laisser. Vous serez davantage à l'abri des oreilles indiscrètes dans ma cabine. Ne vous gênez pas si vous voulez encore du vin. Servez-vous.

Le capitaine et son second les laissèrent seuls en prenant soin de bien refermer la porte derrière eux. Servia et Keiko se regardèrent en silence pendant quelques minutes, mal à l'aise. Ce fut finalement Keiko qui brisa la glace.

— Crois-tu à cette histoire abracadabrante ?

— Au début, je dois avouer que non, mais je ne sais plus… Darius a donné beaucoup de détails. Il m'a décrit Thomas avec exactitude, il était au courant pour mes crises et il savait que je venais de Sangbouc. Ça ne peut pas être des coïncidences.

Le jeune garçon haussa les épaules.

— Tu serais une princesse? Ça me semble invraisemblable.

— Ah bon! dit Servia en haussant le ton. Qu'est-ce qui est invraisemblable? Pourquoi ne pourrais-je pas avoir du sang royal? Suis-je trop laide? Insignifiante? Pas assez intelligente?

Keiko secoua rapidement la tête.

— Ce n'est pas ça, se défendit-il. Tu ferais sûrement une princesse extraordinaire, mais j'ai peine à t'imaginer dans une robe, dansant dans une salle de bal. Je t'ai toujours vue un peu comme... un garçon manqué.

Il comprit qu'il ne venait pas d'améliorer les choses quand il vit Servia rougir de colère.

— Je suis un garçon manqué maintenant! explosa-t-elle. Dis-moi, tu en embrasses souvent des garçons manqués comme moi, car tu m'as bien embrassée, déjà, et même à plusieurs reprises. Il me semble que je dois bien avoir quelque chose de féminin, à moins que tu préfères les garçons?

Keiko se passa quelques fois la main dans les cheveux en grimaçant, avant de pousser un long soupir.

— Servia, ne te fâche pas, tu sais que je ne suis pas doué pour les belles paroles. Ce n'est pas ce que je voulais dire. Je trouve la situation bizarre, c'est tout.

La jeune fille le fixa encore quelques secondes, le temps qu'elle se calme. Elle but une gorgée de vin, ce qui la détendit un peu.

— D'accord, dit-elle d'une voix radoucie. Je m'excuse de m'être emportée, c'est que... Je ne sais pas, je me sens un peu perdue.

— Je comprends, dit Keiko, avant de lui donner un baiser sur le front. J'ai peut-être quelque chose à te proposer.

❋

Darius et Paolo étaient demeurés tout près de la porte de la cabine. Ils avaient entendu le ton monter entre Servia et Keiko, sans toutefois distinguer leurs propos. Les autres marins faisaient preuve de discrétion et vaquaient à leurs occupations, mais le capitaine savait bien qu'ils étaient à l'affût de la moindre information. Ils étaient curieux, et c'était normal, ils venaient d'apprendre qu'une princesse se trouvait à bord. Une dizaine de minutes plus tard, Keiko entrebâilla la porte et leur demanda d'entrer. Entre-temps, Darius s'était fait apporter un peu de pain et du fromage, qu'ils partagèrent tous les quatre. Ce fut Servia qui revint la première sur le sujet.

— Nous avons pris une décision. Nous devons vous avouer que nous avons de la difficulté à croire votre histoire, non pas que nous doutions de votre parole, s'empressa-t-elle d'ajouter, mais vous comprenez...

— Oui, fort bien, après tout, l'annonce n'est pas banale, répliqua le capitaine d'un ton calme, mais je suis catégorique sur le sujet, je vous raconte l'histoire telle que Torkil me l'a confiée.

Servia hocha la tête.

— J'entends, mais nous voulons nous en assurer par nous-mêmes. Nous irons donc à Ferrolia incognito afin d'en avoir le cœur net. Nous verrons si le roi est l'être abject que vous avez dépeint et si les gens ont entendu parler de l'histoire de sa fille malade qui aurait été enlevée.

— Je comprends que vous doutiez et je ne vous en tiens pas rigueur, dit Darius.

— Tant mieux, dit Servia.

Un silence plana quelques instants, alors que la jeune fille et le capitaine se dévisageaient.

— Toutefois, rajouta Darius, je crois qu'il est hasardeux de chercher des réponses et de commencer à poser des questions à gauche et à droite. Les gens risquent de faire le lien entre la princesse et vous à cause de votre âge, et surtout, de la grande ressemblance avec votre mère. Si Hatios venait à l'apprendre, vous seriez certainement en danger. Vous représentez une menace pour lui, je pense qu'il n'hésitera pas à vous éliminer. Après tout, il a déjà tenté de le faire…

— Nous serons prudents, assura Keiko, ne craignez rien, nous savons nous défendre. Connaissez-vous, par hasard, un navire qui ferait voile vers le sud et qui nous prendrait à son bord ?

— Dis-moi, Paolo, à ton avis, un voyage à Ferrolia pour commercer serait-il profitable ? demanda le capitaine en se frottant le menton.

Son second se contenta d'un sourire en coin et d'un signe de tête.

— Puisque c'est comme ça, j'ai une offre à vous faire, continua Darius. Je dois d'abord en parler à mon équipage, mais je me propose de vous conduire à Ferrolia.

— Vraiment ! s'exclama Servia. Ce serait formidable !

Darius leva la main pour tempérer son excitation.

— Je dois toutefois régler une affaire personnelle avant de quitter Janaéra. J'en ai peut-être pour quelques jours, voire quelques semaines. Je ne pourrai appareiller avant. Il y a bien des années que j'attendais ce moment et je ne peux le laisser passer sans rien faire. J'ai quelques questions à poser à un vieillard du nom d'Abraham, qui fut jadis mon capitaine et que je viens à peine de retrouver.

II

LE CULTE DES PROPHÈTES

Darius passa les minutes qui suivirent à raconter la suite de sa vie avec une certaine hargne dans la voix. Il leur dit qu'à une époque, il ne croyait plus qu'il deviendrait un jour capitaine. Pourtant, un matin d'automne, *Le Geignard* avait été poursuivi par des pirates. Servia et Keiko l'ignoraient, mais il s'agissait du même navire pirate qui les avait pris en chasse près de l'île de Rotana. Son capitaine avait fait abaisser les voiles et avait embarqué sur le bateau pirate pour négocier sa reddition, mais en vain. Les pirates n'étaient pas des négociateurs. Il avait été égorgé devant son équipage, avant même d'avoir pu prononcer une seule parole. Les pirates avaient alors ordonné aux matelots du *Geignard* de jeter leurs armes s'ils voulaient être épargnés. Darius n'avait pas été dupe et une idée lui avait traversé l'esprit. Il avait pris le commandement et les hommes bien que déboussolés lui avaient obéi. L'équipage était parvenu à trancher les câbles des grappins qui les retenaient au vaisseau pirate, alors que la plupart des hommes repoussaient l'ennemi, qui recula de surprise. Les pirates ne s'attendaient pas à ce revirement de situation. Darius avait donné l'ordre de hisser les voiles et *Le Geignard* avait filé sur l'eau. Le petit navire marchand n'avançait certes pas aussi vite que le bateau pirate, mais Darius avait un plan. Il s'était emparé de la barre et avait foncé directement sur les récifs qui longeaient la côte. Il avait zigzagué entre les rochers. Le vaisseau ennemi, au tirant d'eau énorme, n'avait pu suivre *Le Geignard* dans les eaux peu profondes. Darius, avec habileté et surtout grâce à la chance, avait réussi à ne pas fracasser la coque du navire contre les récifs. Il était ainsi parvenu à rejoindre un petit archipel où il avait pu cacher le bateau. Les pirates, se doutant bien de l'endroit où *Le Geignard* était dissimulé, avaient dû faire un grand détour pour les rejoindre. Darius avait alors contourné une des îles, puis avait fait ce qu'il croyait le plus susceptible de surprendre l'adversaire ; il était retourné sur les lieux de leur capture et s'était ensuite dirigé vers le sud, d'où ils arrivaient. Les pirates avaient fait voile vers le nord, persuadés que le navire marchand tenterait de se rendre au port le plus près. L'équipage du *Geignard* avait perdu beaucoup d'argent en revenant au port qu'il avait quitté une semaine auparavant, mais tous, à part le capitaine, étaient sains et saufs. Paolo était déjà le second à cette époque et il aurait normalement dû prendre le commandement du navire, mais il avait proposé de confier ce poste à Darius, persuadé que personne d'autre sur *Le Geignard* ne connaissait aussi bien la mer et le commerce.

— Il y a maintenant plus d'un an que je suis capitaine, conclut Darius. Avant d'accepter de prendre la responsabilité de ce bateau, j'ai cependant mis les choses au clair avec mes hommes. Je leur ai proposé de continuer à faire du commerce comme avant, à la condition de traquer Abraham en même temps. Notre itinéraire serait basé sur les déplacements du vieux bandit si nous retrouvions sa trace. Les hommes ont accepté sans rechigner.

— Et nous ne l'avons jamais regretté, ajouta Paolo. Le commerce a toujours été bon depuis que Darius est notre capitaine.

— Sauf pour les dernières semaines, le corrigea Darius en se frottant la nuque, mais je crois que c'est partout pareil. Dans tous les ports que nous visitons, les gens cherchent de la nourriture, du bétail et des matériaux. Nous ne parvenons plus à nous approvisionner convenablement. Les récentes pluies ont causé beaucoup de torts.

— Vous dites avoir retrouvé Abraham ici, à Janaéra ? demanda Keiko avant de prendre une bouchée de pain qu'il se fourra dans la bouche.

— Effectivement, je l'ai aperçu au port. Il était accompagné de deux hommes qui ne sont pas matelots. J'ai découvert qu'ils sont membres d'une secte qui prend de l'ampleur en ville, surtout du côté ouest. Ils se nomment eux-mêmes des prophètes. On les reconnaît sans peine, ils ont tous un visage livide et portent des pantalons noirs bouffants qui se terminent juste au bas du genou. Ils portent également tous une boucle d'oreille de rubis taillé en forme de larme. Ils disent que c'est leur maître qui a fait cesser la pluie. Je n'en sais guère plus, mais j'ai demandé à deux de mes gars d'aller aux renseignements. Ils devraient revenir d'ici ce soir. Je ne sais pas quel lien entretient Abraham avec les gens de ce culte, mais je l'apprendrai assurément.

— Nous savons que l'ancien capitaine ne possède plus *L'Étoile*, qu'il l'aurait vendu il y a plusieurs années, rajouta Paolo. Il serait arrivé à Janaéra depuis peu. Il paraît qu'avant, il résidait à Danaéra.

— Je compte bien obtenir quelques explications de sa part, dit Darius, les dents serrées.

❋

Le Geignard demeura à quai ce jour-là, les hommes d'équipage s'affairant à le réparer et à l'astiquer. Servia et Keiko passèrent la journée à bord, en compagnie de Darius et de Paolo. Le capitaine avait averti ses hommes de taire l'identité de leurs visiteurs. Il ne voulait pas qu'il y ait de rumeurs qui courent jusqu'aux oreilles de Hatios, même si des milliers de lieues séparaient Janaéra de Ferrolia.

Un soleil teinté de rouge s'abîmait lentement dans la mer, à l'ouest, quand les matelots du *Geignard* revinrent à bord. Darius les fit immédiatement entrer dans sa cabine, impatient d'entendre leur rapport. Les hommes froncèrent les sourcils quand ils virent que leur capitaine n'était pas seul. Ils demeurèrent silencieux, ne sachant trop s'ils devaient parler en présence de ces étrangers.

— Messieurs, je vous présente Miranda… Pardon, Servia et Keiko, dit Darius en servant un peu de vin à ses hommes, puis en les invitant à s'asseoir. Mes amis, ajouta-t-il en se tournant vers les jeunes gens, voici Thran et Hugo.

Les deux hommes saluèrent Servia et Keiko d'un signe de tête.

— Vous pouvez parler devant eux sans crainte, reprit Darius, je vous apprendrai plus tard qui ils sont. Alors, qu'avez-vous appris ?

L'un des marins fixa de nouveau les visiteurs d'un regard scrutateur, puis il haussa les épaules avant de s'asseoir lourdement sur un petit banc de bois. Si son capitaine faisait confiance à ces étrangers, pourquoi douterait-il d'eux ? Il but une gorgée, puis poussa un soupir de fatigue avant de commencer le compte-rendu de leur excursion à l'ouest de la ville.

— Il se passe de drôles de choses là-bas, dit Hugo en grimaçant. Les gens de la ville, et surtout à l'ouest, semblent de plus en plus las, blafards et fatigués. Je ne sais pas si c'est dû au temps anormalement chaud qu'il a fait, mais les Janaériens me paraissent sans énergie et anormalement taciturnes. Quand on les questionne, ils ne répondent que quelques mots et quand on aborde le sujet de la secte des prophètes, ils deviennent carrément hostiles.

— Comme tu l'as fait remarquer, les temps sont durs pour tous. Avec l'automne qui arrive à grands pas, il est normal qu'ils soient soucieux, commenta Darius. Ils se demandent probablement comment ils parviendront à passer l'hiver. La nourriture sera rare et chère, une grande famine est à prévoir.

— Je ne suis pas sûr que ce soit la seule raison, ajouta Hugo.

— Nous avons suivi Abraham, poursuivit Thran. Il a eu plusieurs entretiens avec les membres du culte et il s'est même rendu à leur temple, érigé hors de la ville.

— J'aimerais bien savoir ce qu'il mijote, dit le capitaine du *Geignard*, songeur.

— Nous l'ignorons, dit Hugo en remplissant de nouveau sa coupe de vin. Tout ce qu'on nous a dit, c'est qu'il serait ami avec leur chef, qu'ils nomment le grand maître. En soudoyant un homme, nous avons appris qu'à Danaéra, le culte des prophètes a pris tant d'ampleur que c'est devenu la principale religion de la ville. Les temples des dieux que nous connaissons seraient de plus en plus à l'abandon. Nous avons aussi vu des processions se dirigeant vers leur temple, mais nous ne les avons pas suivies. Nous nous sommes rendus aux limites de la ville.

— D'après ce que nous avons pu comprendre, ajouta Thran, presque toutes les personnes qui ont reçu la visite des membres de la secte y adhèrent peu de temps après.

Darius demeura silencieux quelques minutes, regardant le sol. Il réfléchit quelques secondes avant de reprendre.

— Avez-vous découvert où demeure Abraham ?

— Malheureusement non, répondit Hugo. Mais il n'est pas impossible qu'il vive au temple, il y passe beaucoup de temps. Quand il vient en ville, c'est toujours en charrette.

Darius réfléchit encore quelques instants.

— Très bien, lança-t-il en se redressant, l'air décidé. Si la montagne ne vient pas à nous, nous irons à la montagne. Demain, je me rendrai en ville et peut-être même jusqu'au temple. Je veux retrouver ce vieux brigand où qu'il soit. Hugo, tu connais bien le quartier ouest de la ville, tu viendras avec moi.

Le robuste matelot acquiesça d'un hochement de tête.

— Je devrais y aller aussi, intervint Paolo en faisant un pas vers l'avant. Sauf votre respect, mon capitaine, vous ne savez pas ce qui se passe entre Abraham et le culte des prophètes. Comme vous le savez déjà, ce vieillard n'a aucun scrupule. En vous voyant, je doute qu'il vous saute dans les bras ! Et mon petit doigt me dit que ce qu'il concocte avec ces gens n'a rien d'une œuvre de bienfaisance. Si j'ai raison, vous risquez de mettre le pied dans une fourmilière. Ça pourrait chauffer.

— Raison de plus pour que tu demeures ici, dit Darius.

Il savait qu'avec ses limites physiques, il ne serait pas de taille si une échauffourée survenait.

— S'il m'arrivait quelque chose, ce dont je doute, tu prendrais le commandement du navire. J'ai déjà rédigé une lettre, qui se trouve dans mon coffre, et qui te désigne comme propriétaire et capitaine du bateau s'il m'advenait de disparaître.

Paolo eut l'air surpris. Il lui fallut un moment avant d'ajouter quelque chose.

— Capitaine… bafouilla-t-il.

— Tu es parfaitement prêt à remplir cette fonction, déclara Darius. Je suis toutefois d'accord avec toi, je n'irai pas seul avec

Hugo, mais je préférerais m'en tenir à un groupe restreint afin de ne pas attirer l'attention.

— Dans ce cas, nous sommes les personnes toutes désignées pour vous accompagner, s'exclama Servia.

Tous les yeux se tournèrent vers elle. Elle affichait un large sourire.

— Majesté, ce n'est certainement pas une bonne idée… commença Darius.

— Majesté ? reprit Hugo, perplexe.

Darius leva une main pour lui faire comprendre de le laisser parler, mais ce fut Servia qui prit la parole.

— Écoutez, capitaine, vous conviendrez qu'il est préférable de vous y rendre à plusieurs, pas seulement avec Hugo. Vous désirez être discret, la présence d'une femme nous rendra assurément moins suspects et moins menaçants. De plus, Keiko est fort et il possède certains atouts qui pourraient bien nous servir si nous nous retrouvons dans une situation délicate. Et si nous devons recourir à la force, ne soyez pas inquiet pour moi, je sais très bien me servir de mon arc.

— Il est hors de question que je vous expose à un possible danger, répliqua Darius.

— Si vous saviez tout ce que nous avons dû traverser pour nous rendre jusqu'ici, cette idée ne vous effleurerait même pas l'esprit, ajouta Servia en relevant la tête en signe de défi.

— Croyez-la, renchérit Keiko. Nous avons plus d'une fois dû recourir à la violence pour nous sortir d'impasses lors de notre long voyage. Servia est une archère comme je n'en ai jamais vu.

Il n'ajouta toutefois pas que sa connaissance des archers se limitait à Servia et aux quelques marins ayant combattu les pirates sur le bateau du capitaine Fabio.

Darius secouait toujours la tête.

— Dites-moi, capitaine, vous considérez-vous toujours comme un sujet de Ferrolia ? demanda Servia.

— Bien sûr, répliqua-t-il. Même si j'ai quitté le royaume depuis plusieurs années, j'ai toujours eu l'intention d'y revenir un de ces jours. Il y a trop longtemps que j'ai déposé des bouquets de fleurs sur les tombes de ma femme et de mes filles.

Son regard s'assombrit et son visage se referma. Servia ne connaissait pas leur histoire, et elle n'osa pas demander d'informations.

— Dans ce cas, capitaine, reprit-elle, vous devrez faire avec nous demain.

Darius sursauta légèrement en revenant au moment présent et en repoussant les pénibles souvenirs qui l'assaillaient.

— Ah ! Et pourquoi donc ? demanda-t-il en haussant les sourcils.

— Parce que je vous l'ordonne, ajouta Servia avec assurance, le sourire aux lèvres.

III

LA CÉRÉMONIE

Darius maugréa, il n'aimait pas la situation, mais il se soumit — à contrecœur — à la volonté de Servia. C'était décidé, ils partiraient à la recherche d'Abraham avec les adolescents.

— J'espère que je ne commets pas une erreur en les emmenant et que je n'aurai pas à le regretter, dit-il à Hugo en passant son sabre à sa ceinture, alors qu'ils se trouvaient seuls dans la cabine.

— Nous pourrions nous éclipser en catimini et les laisser ici, suggéra le marin en glissant une dague dans sa botte droite.

Darius secoua la tête.

— Nan... Ils nous suivraient de toute façon, j'en suis certain. De plus, je n'ai pas le choix de lui obéir, cette fille est notre souveraine. Du moins, elle l'est pour les sujets de Ferrolia, corrigea Darius. Je sais que ce n'est pas ton cas. Allez ! Ils nous attendent sur le quai, allons les rejoindre.

Le soleil brillait de tous ses feux, faisant évaporer les petites nappes d'eau parsemant le quai à la suite de la fine pluie tombée sur Janaéra pendant la nuit. Darius et Hugo rejoignirent Servia et Keiko. Le capitaine remarqua que le jeune garçon ne possédait qu'un bâton de marche et un petit couteau, passé à sa ceinture, et il devinait l'arc que Servia dissimulait sous sa cape. Malgré l'impressionnante carrure de Keiko, les jeunes gens ne faisaient guère menaçants.

Darius les salua d'un signe de tête qu'ils lui rendirent.

— Maj… balbutia le capitaine.

— Non, Servia, le coupa la jeune fille. Ce sera plus prudent et surtout plus agréable. C'est aussi valable pour vous, Hugo.

— D'accord, répondit ce dernier. Dans ce cas, laissez tomber le vouvoiement, nous ferons de même si vous n'y voyez pas d'inconvénient.

Darius lança un regard courroucé à son homme d'équipage. Il n'admettait pas que l'on s'adresse de la sorte à une princesse, encore moins qu'on la tutoie. Servia éclata de rire en remarquant le visage du capitaine du *Geignard*.

— Ne vous en faites pas, Darius, je ne voudrais pas qu'il en soit autrement. De toute façon, même si je ne mets pas votre parole en doute, je me considérerai seulement comme une princesse lorsque je serai retournée à Ferrolia et que j'aurai la confirmation que l'histoire de Thomas est vraie.

— Je vous avertis, capitaine, déclara Keiko en lançant un regard de côté à sa petite amie, elle adore mettre les gens mal à l'aise et elle est têtue. On s'y fait à la longue, ajouta-t-il en haussant les épaules. On y va ?

— On y va, confirma Darius. N'oubliez pas que vous devrez m'obéir.

— Ça nous convient parfaitement, dit Servia.

❋

Hugo et Darius marchaient à l'avant. Servia tournait la tête de gauche à droite, observant les gens et les bâtiments. Les habitants de Janaéra ne semblaient guère riches. Les rues avaient besoin d'être réparées, les bâtiments également. Elle aimait pourtant l'architecture de ces maisons de bois au toit pentu, qui descendaient quasiment jusqu'au sol. Des armoiries ou des têtes d'animaux empaillés ornaient la plupart des pignons. Hugo expliqua qu'il s'agissait des symboles représentant chaque famille, aussi appelée clan. C'étaient là des vestiges des traditions des gens du nord qui s'étaient installés dans la région.

Keiko, fidèle à son habitude, levait le nez au vent, captant les moindres effluves. Parfois, il grimaçait lorsqu'une odeur qu'il n'appréciait pas lui chatouillait les narines. Quand un passant s'approchait un peu trop, il le regardait en fronçant les sourcils et grognait sourdement, mais trop faiblement pour être entendu.

Plus ils se dirigeaient vers la limite ouest de la ville, plus les gens semblaient amorphes. Servia remarqua leur teint pâle, leurs paupières lourdes et leurs épaules voûtées. Elle vit pour la première fois des prophètes aux culottes bouffantes et aux oreilles percées. Ils étaient cinq. Leur peau était encore plus blanche que celle de tous les habitants de la ville. En y regardant de plus près, Servia aperçut un rond un peu plus foncé sur le biceps de l'un des hommes. Elle réalisa que leur peau n'était pas blanche, mais plutôt recouverte, comme leur visage, d'une sorte de poudre qui leur donnait ce teint livide. Hugo les repéra en même temps qu'elle et il posa une main sur l'avant-bras de Darius pour lui indiquer de s'arrêter. Il héla les hommes en s'approchant d'eux.

— Excusez-moi, dit-il.

Les prophètes s'arrêtèrent.

— Nous avons besoin d'un renseignement, s'il vous plaît, se risqua Darius.

— Crois-tu que nous sommes des guides ? Ne vois-tu pas que nous sommes des prophètes, pauvre idiot ! dit le plus petit de la bande d'un ton méprisant. Renseignez-vous ailleurs !

Ils s'apprêtaient à reprendre la route lorsque Hugo prit la parole.

— Justement, précisa-t-il en écartant les bras. Nous sommes nouveaux ici et nous avons entendu parler de votre culte. Nous aimerions en savoir davantage. On nous a dit que votre maître était parvenu à arrêter le déluge qui s'abattait sur la région. Ce doit être un homme puissant. Nous souhaitons le rencontrer et faire d'importantes offrandes à votre culte.

L'attitude de l'homme changea du tout au tout. Son visage s'éclaira.

— Vous auriez dû le dire plus tôt, dit-il en s'approchant et en serrant la main que Hugo lui tendit. Vous serez les bienvenus au temple. Vous n'avez qu'à vous rendre, une heure avant le coucher du soleil, à la limite ouest de la ville. Suivez cette route jusqu'au bout et vous arriverez à une enseigne peinte en rouge, vous ne pouvez pas la rater. Une procession se mettra en branle à cet endroit. Nous allons la guider jusqu'au temple. Vous n'avez qu'à vous joindre à nous. Vous verrez, vous ne le regretterez pas.

— Merci bien, dit Hugo, nous y serons sans faute.

— À plus tard donc, conclut le prophète en s'éloignant, entraînant ses confrères à sa suite.

Hugo revint vers le reste du groupe qui n'avait rien raté de l'échange.

— Bien joué, Hugo, dit Darius en lui donnant une claque sur l'épaule.

Au grand étonnement du marin, Servia saisit sa main pour l'examiner avec attention. Elle y vit des marques blanches.

— C'est bien ce que je croyais, dit-elle. C'est de la poudre.

Keiko se pencha pour sentir la paume que tenait son amie.

— Tu as raison, c'est de la poudre de gyprion, dit-il, alors que les autres le regardaient, l'air étonné.

— De la poudre de quoi ? s'étonna Darius.

— De la poudre de gyprion, répéta Keiko. C'est une plante des sous-bois qui se couvre de cocons l'été venu dans lesquels on retrouve cette poudre. À l'automne, le cocon s'ouvre et la poudre s'envole. C'est ainsi que la plante se reproduit. On se sert souvent de cette poudre pour soulager les fesses irritées des bébés.

Servia et les autres le regardèrent, impressionnés par ses connaissances.

❋

Le quatuor s'esquiva de la procession sans se faire remarquer, juste avant d'arriver au temple. Darius avait proposé d'observer à distance les agissements des membres de ce culte avant de faire quoi que ce soit.

Le temple était un grand bâtiment de pierres blanches, orné d'une multitude de colonnes sculptées. L'endroit où il se dressait était assez aride. Bien peu de plantes parvenaient à percer la terre rougeâtre. Le sol était parsemé de gros rochers de tailles diverses. Ils se cachèrent derrière l'un d'eux, à une trentaine de mètres de l'entrée.

De leur point d'observation, ils virent un grand nombre de prophètes accueillir le cortège qui s'était arrêté devant les portes, leur distribuant des boissons dans des petits bols en terre cuite, tandis que l'un d'eux leur adressa la parole. Il vantait les mérites et les bienfaits du culte, affirmant qu'ils étaient en mesure de combler les besoins de la population de Janaéra. L'homme semblait bien connaître les habitants de la ville. Il exploitait la jalousie qu'ils ressentaient à l'égard de leurs voisins, de l'autre côté de la rivière, les citadins de la ville de Danaéra, plus populeuse que la leur. Il expliqua que ses habitants, plus obtus, avaient pris beaucoup de temps avant d'adhérer à leur culte, alors que les gens de Janaéra faisaient preuve de bon sens, puisqu'ils réalisaient beaucoup plus rapidement son importance.

Le discours dura au moins une demi-heure. Servia remarqua que ceux qui composaient l'assistance commençaient à vaciller sur leurs jambes, comme s'ils étaient ivres. Elle soupçonna que la boisson qui leur avait été offerte contenait probablement une drogue. La foule, docile, fut ensuite invitée à suivre les prêtres vers l'arrière du temple.

— Ils sont drogués, murmura Darius. Ils sont aussi obéissants que des agneaux. Rapprochons-nous sans nous faire repérer.

Ils se déplacèrent de rocher en rocher, prenant soin de demeurer hors de vue des prophètes jusqu'à ce qu'ils trouvent un endroit qui leur convenait et d'où ils pourraient suivre la suite des choses. Les gens étaient en file indienne devant un grand rocher plat, qui faisait office d'autel.

— Mes amis, clama celui qui présidait la rencontre et qui les avait accueillis à leur arrivée. Vous allez maintenant participer à la grande cérémonie pendant laquelle vous deviendrez les protégés du culte des prophètes ; ceux qui le sont déjà auront l'honneur de renouveler leurs vœux devant nul autre que le grand maître, l'ultime prophète.

Personne parmi la cinquantaine de Janaériens rassemblés ne répondit. Ils attendaient, sans réaction. La porte arrière du temple s'ouvrit pour laisser apparaître une haute silhouette, encapuchonnée dans un long manteau blanc qui descendait jusqu'au sol. Les quatre complices, stupéfiés, observèrent l'homme qui avançait vers l'autel. Il devait bien faire près de deux mètres cinquante et il se déplaçait en se dandinant comme un canard, de gauche à droite.

— Relevez vos manches, ordonna le prêtre.

La foule obéit sans poser de question. Le prêtre, placé aux côtés du grand maître, sortit de sa poche un objet pointu qui ressemblait à une alêne, ce poinçon servant à percer le cuir. Il piqua d'un geste sec l'avant-bras du premier fidèle, puis la haute silhouette encapuchonnée se pencha vers le bras tendu.

— Par tous les dieux, s'exclama Hugo en détachant chaque mot, indigné, on dirait qu'il suce le sang de ces pauvres gens.

— Regardez là-bas, chuchota Darius. C'est Abraham.

Le vieil homme était assis sur le banc d'une charrette, tirée par un cheval brun. Il observait la scène avec détachement.

— De toute évidence, ce filou sait ce qui se trame ici, commenta rageusement le capitaine.

Soudain des clameurs s'élevèrent de la foule. Un des Janaériens faisant partie de la procession essayait d'agresser le grand maître avec un couteau. Les prêtres se ruèrent sur lui pour tenter de protéger leur maître, mais déjà une main aux longs ongles recourbés avait surgi d'une des manches du long manteau pour faire dévier la lame que l'assaillant voulait lui planter dans le ventre. L'autre bras avait frappé l'inconnu pour le projeter au loin. Le grand maître repoussa son capuchon. Servia émit un petit cri de surprise. Ce n'était pas un homme qui se tenait là, mais une créature à la tête ovale et au front plat, parsemé de pointes osseuses. Elle avait deux paires d'yeux, l'une au-dessus de l'autre et une bouche sans lèvres d'où dépassait une rangée de petites dents pointues et triangulaires. Le monstre n'avait pas de nez, seulement deux orifices qui lui perçaient le visage, juste en bas de ses yeux. Lorsque la créature avait frappé son agresseur, Servia avait aussi remarqué que le dessus de ses bras paraissait recouvert d'écailles semblables à celles d'une carapace de tortue. En tremblant, la jeune fille se hâta de saisir son arc.

— Est-ce qu'on aide ce pauvre bougre ? demanda Keiko en désignant l'homme que trois prêtres rouaient de coups.

— Non, dit Darius. Nous sommes trop peu et notre devoir est d'avertir les dirigeants de la ville de la menace que représente ce culte.

Keiko observa le capitaine pendant quelques secondes, déçu de sa réponse. Maintenant qu'il avait assisté à la scène, il lui répugnait de laisser l'étranger aux mains des membres du culte. Il finit néanmoins par hocher la tête, conscient de la sagesse des paroles de Darius. Le sort allait pourtant les impliquer malgré eux. Par un effort incroyable, poussé par l'instinct de survie, l'homme parvint à fuir, filant en direction du rocher où Darius et sa bande étaient cachés. Déjà, les prêtres couraient derrière lui et, plus terrifiant encore, le monstre également. L'assaillant bondit derrière le rocher et tomba dans les bras de Hugo. Il commença à se débattre.

— Du calme, dit le marin en resserrant son étreinte, nous sommes de ton côté.

Quand il desserra son emprise, l'inconnu se remit à courir tout en tenant ses côtes blessées. Il avait aussi une épaule démise, là où la créature l'avait atteint.

— Vite, on file d'ici ! cria Darius.

Il claudiqua le plus rapidement qu'il put. Hugo allait le suivre lorsque Servia l'arrêta en lui saisissant l'épaule.

— Si nous ne les ralentissons pas, ils nous auront vite rattrapés. Le capitaine ne peut pas courir assez rapidement. Nous allons les retenir une petite minute afin de vous donner du temps pour fuir.

— Mais… balbutia Hugo.

— Votre capitaine vous a ordonné de vous sauver, dit Servia, obéissez-lui.

Hugo s'élança à la suite de Darius en jetant un regard derrière lui. Il vit le bâton de Keiko tournoyer avant de s'abattre sur le crâne d'un des religieux qui contournait le rocher. Ce dernier s'effondra comme un sac de farine. Le second reçut une flèche au torse, à bout portant, et le troisième bénéficia du même traitement que le premier. Keiko jeta un coup d'œil derrière lui.

— Ils ne sont toujours pas assez loin. Nous devons leur donner encore quelques secondes d'avance, dit-il.

Servia hocha la tête, les lèvres serrées par la détermination. Ils devraient donc repousser le monstre, de même que la dizaine de prêtres qui s'élançaient vers eux en brandissant des poignards et des sabres recourbés. Keiko écarta les jambes et serra sa poigne sur son bâton.

Les tirs suivants de Servia mirent hors de combat les plus près d'eux. L'un chuta, une flèche plantée dans la cuisse, et l'autre avec un projectile fiché dans l'aine. Keiko, lui, porta un coup à la créature qui levait son avant-bras cuirassé pour bloquer l'attaque — semblant insensible à la douleur —. Elle le frappa à son tour tandis que Keiko tentait de parer le coup, réalisant alors que son adversaire possédait une force supérieure à la sienne, même s'il se transformait en ours.

Il suivit donc les conseils prodigués par Thamir, le vieil ermite, qui lui avait enseigné l'art du combat au bâton. Il se contentait de dévier les coups, sans jamais tenter de les bloquer complètement. Pendant les quelques secondes qui suivirent, il évita que l'une des mains à quatre doigts l'atteigne et lui lacère la peau.

Une flèche se ficha dans le torse du monstre qui recula d'un pas, la surprise se lisant dans ses quatre yeux qui se fixèrent sur Servia. Keiko en profita pour passer à l'offensive. Il projeta son bâton de toutes ses forces vers l'avant, comme un soldat le ferait avec une lance. Son coup atteignit son adversaire à la bouche, cassant quelques dents. Une autre flèche l'atteignit au front, mais elle ricocha sur ses écailles sans lui faire de mal. La chose demeura ainsi figée de surprise pendant encore un instant. Derrière elle, les prophètes s'étaient arrêtés et murmuraient entre eux. Apparemment, ils étaient aussi surpris que leur maître de voir qu'une flèche était parvenue à percer la carapace qui couvrait aussi son torse et ses jambes.

— C'est le temps d'y aller, cria Keiko. Grimpe sur mon dos!

Servia avait déjà armé son arc. La flèche qu'elle décocha alla se planter dans l'un des biceps de la créature. Le bruit de vêtements déchirés lui annonça que Keiko venait de se transformer en ours. La vue de cette immense bête noire ne rassura pas les prophètes, mais n'effraya aucunement leur chef qui poussa un cri de colère strident et se rua vers les jeunes gens. Servia bondit sur le dos de son ami, s'agrippant à son épaisse fourrure. Keiko s'élança vers l'est à toute vitesse. Les ongles de la créature le manquèrent de justesse. Voyant courir l'ours, le grand maître poussa un autre cri à glacer le sang, celui-là de frustration. Il n'était pas assez rapide pour les rattraper, alors qu'ils fuyaient vers la ville.

IV

FAUSSES ACCUSATIONS

Les dieux ressentirent simultanément un frisson qui leur parcourut l'échine. Ils perçurent ensuite une présence inconnue parmi eux. Agizel, la déesse de la vie, comprit pourquoi quand elle se présenta devant sa mère. La Dame Blanche tenait le nouveau-né qu'elle attendait. Le bébé, nu comme un ver, gigotait dans ses bras. La Grande Mère leva la tête et son regard lumineux croisa celui d'Agizel. Elle lui sourit.

— Ma fille, laisse-moi te présenter ton petit frère, celui qui deviendra le nouveau dieu de la mort. Voici Culcuth, le deuxième du nom, annonça-t-elle.

— Il s'appellera Culcuth aussi ? demanda Agizel en baissant les yeux sur le bambin.

La Dame Blanche acquiesça, avant de lui tendre l'enfant.

— Tiens, dit-elle. Prends-le. C'est à toi que je confie la tâche de l'élever selon les principes que j'ai établis. Montre-lui à respecter les siens, et enseigne-lui aussi à ne pas hésiter à faire part de ses opinions. Qu'il devienne ce que son prédécesseur devait être. Tes frères et sœurs t'aideront dans cette tâche. Fais surtout confiance au bon jugement de Libra. Elle saura quand il s'agira de discipliner l'enfant ou de l'encourager.

Agizel prit avec précaution l'enfant-dieu dans ses bras. Ce dernier, silencieux depuis sa naissance, la regardait fixement. Il n'avait pas poussé le moindre cri et n'avait pas pleuré. Finalement, il lui adressa un sourire. La déesse ressentit une chaleur lui envelopper le cœur et elle lui rendit son sourire.

— Vous pouvez compter sur moi, dit-elle à sa mère. J'en ferai un dieu digne de ce nom. Je suis sûre que nous allons bien nous entendre, ajouta-t-elle en passant une main sur la joue de l'enfant.

❋

Keiko sortit de la ruelle, alors que Servia faisait le guet. Il avait revêtu une chemise et un pantalon, vêtements qu'il traînait toujours dans son sac à dos. Maintenant qu'ils avaient distancé leurs poursuivants, Keiko avait jugé bon de reprendre sa forme humaine. La course de l'ours transportant une jeune fille sur son dos, aux abords de la ville, avait déjà un peu trop attiré l'attention des habitants.

Ils allèrent enfin rejoindre Darius, Hugo et, espéraient-ils, celui qui avait attaqué le maître du culte des prophètes. Il leur fallut peu de temps pour les retrouver. L'inconnu avait du mal à marcher. Hugo et le capitaine du *Geignard* le tenaient de chaque côté.

— Est-ce que ça va ? demanda Keiko en arrivant derrière Hugo et Darius, qui sursautèrent.

— Que les dieux soient loués, dit Darius, vous êtes sains et saufs. Hugo, arrêtons-nous un instant. Nous devons reprendre notre souffle.

Servia remarqua une tache rouge sur la chemise de l'homme, à la hauteur de son flanc droit.

— Nous devrions l'amener chez un prêtre, dit-elle. Il est blessé.

— Non, pas de prêtre, murmura l'homme.

— Allons au navire, décida Darius. Nous le soignerons à bord, et pendant ce temps, j'irai raconter aux autorités ce qui se passe au temple.

— Laissez-moi prendre votre place, dit Keiko, qui n'attendit pas l'approbation du capitaine avant de saisir le bras de l'homme, qu'il passa derrière son cou. Prêt ? ajouta-t-il à l'attention de Hugo.

Le marin hocha la tête et ils reprirent leur route, au pas cette fois, en direction des quais.

Évitant de se faire remarquer, il leur fallut près d'une heure pour rejoindre *Le Geignard*. Aussitôt à bord, l'homme fut transporté dans la cabine du capitaine. Il gémissait faiblement. Hugo lui enleva sa chemise, puis Darius nettoya la plaie et y appliqua un bandage qui se rougit aussitôt de sang. Paolo, le second du navire, fut dépêché pour trouver un prêtre de n'importe quelle confession, mais surtout pas un prophète. Darius doutait, de toute façon, que ces hommes poudrés de blanc possèdent quelques pouvoirs que ce soit.

— Qu'on sonne le cor de brume ! Que tous les hommes soient à bord, ordonna le capitaine, nous allons lever l'ancre sous peu.

Le marin qui se tenait dans l'embrasure de la porte de la cabine s'empressa de transmettre les ordres.

Servia avait trempé un linge dans une bassine d'eau fraîche et épongeait le front couvert de sueur de l'alité.

— M'entendez-vous ? dit Darius en se penchant vers lui. Ne craignez rien, vous êtes en sécurité. Vous vous trouvez à bord de mon bateau, je me nomme Darius. Et vous ?

— Hatrède, répondit l'étranger en grimaçant.

— C'est un acte bien téméraire que vous avez commis là-bas au temple. Pourquoi avez-vous agi de la sorte ?

— Ces prétendus prophètes ne sont que des marionnettes au service d'une bête dénaturée buveuse de sang, émit-il faiblement.

— C'est ce que nous avons constaté, répondit Darius en lui tendant une tasse d'eau.

L'homme grimaça quand il tenta de se redresser. Servia l'aida. Il parvint à avaler quelques gorgées avant de se laisser choir sur le lit, le souffle court, la respiration sifflante.

— La ville est sur le point de tomber sous le joug de ce culte maudit. Tout comme est tombée Danaéra. Ceux qui se font appeler les prophètes contrôlent maintenant toutes les personnes influentes là-bas.

— Mais pourquoi les gens se rendent-ils au temple en si grand nombre ? Ne voient-ils pas l'état dans lequel se trouvent ceux qui y vont ? demanda Servia.

— Ils n'ont pas le choix. Je ne sais pas comment ils font, mais sitôt qu'un de ces prophètes vous parle et vous demande de joindre l'une des processions, vous obéissez, sans quoi vous ne parvenez plus à trouver le sommeil. Vos nuits deviennent agitées et remplies de cauchemars. Je crois que c'est l'un des obscurs pouvoirs de leur maître. Et quand nous rejoignez leur cortège, ils vous droguent pour vous prélever un peu de sang. Pas assez pour vous tuer, mais assez pour vous affaiblir.

— Mais vous, comment avez-vous fait ? De toute évidence, vous n'étiez pas sous leur influence, suggéra Servia.

— J'ai pu leur résister en me concentrant sur autre chose et je me suis mis de la cire dans les oreilles, juste avant de me joindre au cortège.

— Tout ce que vous nous racontez explique pourquoi les gens ont l'air si abattus. Soit ils sont épuisés par le manque de sommeil, soit ils le sont par la perte régulière de sang, observa Keiko en se grattant la tête. C'est vraiment horrible. Mais pourquoi personne n'a-t-il rien fait pour les arrêter ? s'exclama-t-il, outré.

— J'ai essayé... mais je ne croyais pas que cette horrible... chose était si forte. J'ai échoué, dit-il en baissant les yeux, découragé.

— Vous auriez dû avertir les autorités plutôt que de tenter de régler vous-même la situation, intervint Darius.

— Je ne fais plus confiance à personne, répondit Hatrède d'une voix de plus en plus faible. Je suis sûr que certains de nos dirigeants sont sous son pouvoir.

— Bon, reprit le capitaine. Assez parlé. Reposez-vous un peu, vous en avez grand besoin.

L'homme ferma les yeux et s'endormit presque aussitôt. Darius ordonna à l'un de ses matelots de veiller sur le blessé, avant de quitter sa cabine, suivi de Hugo, Servia et Keiko.

— Que s'est-il passé après notre départ ? demanda le capitaine à ses jeunes passagers.

— Nous avons abattu quelques prophètes et Keiko en est venu aux coups avec leur... chef, hésita Servia, ignorant toujours quel nom donner à l'être qu'ils avaient vu.

— L'avez-vous tué ? demanda Darius, incrédule.

Keiko secoua la tête.

— Non, Servia l'a atteint de quelques flèches, mais il possède une espèce de carapace qui empêche les projectiles de pénétrer profondément sa chair. Il était vraiment très fort, trop fort pour nous. Je suis parvenu à lui casser quelques dents, ce qui l'a mis en colère et nous avons fui. Il n'est pas rapide. Nous sommes parvenus à le distancer rapidement.

Servia nota que Keiko avait omis de préciser qu'il s'était transformé en ours.

— Vous êtes pleins de surprises, c'est le moins qu'on puisse dire, déclara Darius en se frottant le menton. Hugo et moi vous devons des remerciements, je ne sais pas si nous serions parvenus à fuir les lieux sans votre aide. Avec ma jambe folle, je suis d'une insupportable lenteur.

— Qu'allez-vous faire maintenant ? demanda Servia.

— Le temps presse, dit Darius. Je vais me débarbouiller et passer une chemise propre, puis j'irai m'entretenir avec les dirigeants de la ville afin de leur raconter ce que nous savons. Je doute que le vieil Abraham et les prophètes soient les bienvenus dans la ville par la suite.

— Nous devrions vous accompagner, suggéra Keiko. Vous pourriez tomber sur des membres du culte sur la route et qui nous dit que les dirigeants ne sont pas sous l'influence de cette chose ?

Darius hésita un moment, son regard se posant tour à tour sur Servia et sur Keiko.

— D'accord, concéda-t-il. Je vous suggère d'aller chercher vos affaires à l'auberge et de vous installer à bord. J'aurai l'esprit plus tranquille si vous êtes protégés par mes hommes d'ici là. Personne ne montera sur le pont sans mon approbation ou celle de Paolo.

— Y a-t-il de la place pour Brega ? le questionna Servia.

— Brega ? Qui est-ce ? Un de vos amis ?

Servia éclata de rire.

— Pas vraiment, Brega est mon âne. Il a été notre compagnon de voyage depuis le début.

Le capitaine se prononça aussitôt:

— Pas question de faire monter une bête à bord. Je veux bien l'embarquer au moment où nous mettrons les voiles vers le sud, mais pas avant. Il ne serait pas à l'aise ici et l'odeur…

— Brega ne sent pas plus mauvais que certains de vos hommes, répliqua Servia en fronçant les sourcils. De plus, c'est un animal très intelligent et…

— Servia, je pense que le capitaine a raison, admit Keiko. Brega ne serait pas bien ici. Il vaut mieux l'embarquer le plus tard possible.

La jeune fille croisa les bras sur sa poitrine et fit la moue.

— J'ai une idée ! dit Darius. Allez l'installer dans l'écurie du port, ce n'est qu'à quelques pas et ce n'est pas plus cher qu'à l'auberge. Faites vite, nous partirons pour aller rencontrer les autorités dès votre retour.

Servia et Keiko se hâtèrent de rejoindre leur auberge.

— C'était donc ça, dit Servia qui courait quasiment afin de se maintenir à la hauteur de Keiko, qui y allait de longues enjambées.

— Quoi donc ? demanda Keiko en se tournant vers son amie.

— Te rappelles-tu l'énigme que nous avait présentée Evanöe à son manoir ? Il avait parlé de la ville jumelle qui se prosternerait devant les buveurs de sève ou quelque chose du genre. Nous savons maintenant ce qu'il entendait par « buveur de sève », le sang n'est-il pas aux humains ce que la sève est aux plantes ?

— Oui, maintenant, ça me semble évident.

Il leur fallut près d'une demi-heure pour faire l'aller-retour. Ils installèrent Brega, qui était fort heureux de les revoir, dans l'écurie du port, et payèrent le palefrenier deux jours d'avance. Ils montèrent ensuite à bord du bateau, où ils se désaltérèrent et se passèrent un peu d'eau sur le visage.

Une dizaine de minutes plus tard, le capitaine rejoignit les jeunes gens près de la passerelle de débarquement. Ils n'eurent même pas le temps de mettre un pied hors du navire qu'ils aperçurent Paolo qui courait vers eux, ventre à terre. Il grimpa à bord et s'arrêta devant le capitaine. Il ne lui adressa pas tout de suite la parole. Penché, les mains sur les genoux, il tentait de reprendre son souffle. Des gouttes de sueur tombaient du bout de son nez. Darius lui accorda quelques secondes avant de le questionner.

— Tu n'as pas trouvé de prêtre pour guérir notre invité ? demanda le capitaine. Que s'est-il passé ? On dirait que tu as un monstre aux trousses.

— Pas de prêtre, haleta Paolo avant de se redresser et de prendre une profonde inspiration. J'en cherchais un quand j'ai entendu une nouvelle plutôt troublante. Abraham a été plus rapide que vous. Il est allé rencontrer les autorités. Je ne sais pas ce qu'il leur a raconté, mais ce que je sais, c'est que la milice doit venir au port pour vous arrêter.

— Quoi ? Et pour quelle raison ?

Paolo secoua la tête.

— Je n'en sais rien. Allez donc savoir ce qu'Abraham a inventé afin de vous incriminer. Les prophètes corroboreront certainement ses dires.

— Il était en charrette quand nous l'avons vu au temple. Il nous a sûrement aperçus quand nous nous sommes sauvés, dit Darius, songeur. Il lui aura été facile de presser sa monture et d'aller trouver les autorités.

— On m'a aussi raconté qu'en plus de les convaincre de vous arrêter, il les a aussi persuadés de faire saisir *Le Geignard*.

Le regard de Darius s'assombrit.

— Pas question de laisser quelqu'un d'autre mettre la main sur mon navire, dit-il, les dents serrées. Sais-tu si la milice est déjà en route ?

— Ça ne m'étonnerait pas, répondit Paolo. J'ai couru jusqu'ici dès que j'ai été mis au courant de la nouvelle.

Le capitaine tourna en rond sur le pont du bateau pendant quelques instants, réfléchissant à la situation.

— Il me répugne de céder devant l'adversaire, mais nous devons sauver le bateau. Abraham, je te jure qu'un jour tu me le paieras, marmonna Darius en regardant en direction de la ville. Paolo, ordonne aux hommes de mettre les voiles, nous partons. Servia, allez chercher votre âne. Je vais envoyer quelques hommes avec vous afin qu'ils rapportent aussi du fourrage. Dépêchez-vous !

L'équipage discipliné du *Geignard* eut tôt fait de préparer le navire pour le départ. Ils n'eurent pas le temps d'embarquer de marchandise à bord, mais au moins, ils avaient des réserves de nourriture. Quand les derniers marins, Keiko, Servia et Brega, arrivèrent, chargés de foin, de paille et d'avoine, Darius ordonna de lever l'ancre et de hisser les voiles.

Le Geignard quitta le quai de Janaéra juste à temps. Des coups de sifflet se firent entendre et une troupe d'une trentaine de miliciens arriva sur les quais. Ils demeurèrent immobiles, impuissants, en observant le bateau marchand s'éloigner.

— Je suis innocent, leur cria Darius depuis la poupe de son vaisseau. Informez-vous sur le culte des prophètes et demandez à rencontrer leur maître. C'est une créature assoiffée de sang.

— Si vous êtes innocent, comme vous le prétendez, revenez et soumettez-vous à la justice, s'égosilla en retour le chef des miliciens.

Darius se contenta de secouer la tête. Derrière la troupe, il vit se profiler une charrette qui s'arrêta. *Le Geignard* s'éloignait rapidement et il ne pouvait distinguer les traits du cocher, mais il savait qui c'était.

— Je reviendrai Abraham, murmura-t-il pour lui-même. Je te le jure.

V

LUCIUS

Hatios, roi de Ferrolia, était loin de se douter que sa fille, qu'il croyait disparue à jamais du royaume, faisait voile dans sa direction. Il s'était efforcé d'oublier cette terrible nuit où, presque quinze ans auparavant, il avait tenté de sacrifier Miranda — devenue Servia — pour apaiser le courroux du dieu de la mer Ferrol, patron du royaume. Par contre, le fait d'avoir tué la reine de ses propres mains ne le tourmentait pas. Il jugeait avoir fait ce qui était le mieux pour lui, mais surtout, il s'était convaincu de l'avoir fait pour le plus grand bien du royaume. Toutes les raisons étaient bonnes pour ne pas perdre son trône. Son règne avait jusqu'à maintenant été caractérisé par le meurtre, la torture et la malhonnêteté de toutes sortes. Si ses sujets avaient été au courant du tiers de ses actes, ils l'auraient promptement chassé du royaume ou simplement tué, même si, dans toute l'histoire de la royauté, il n'y avait eu aucun régicide. Hatios parvenait presque toujours à dissimuler ses crimes, et si certains étaient découverts, ses mensonges parvenaient à en faire rejeter le blâme sur les épaules de quelqu'un d'autre, qu'il n'hésitait pas à sacrifier à sa place.

Mais depuis toutes ces années, il y avait un groupe d'adversaires qu'il ne pouvait éliminer ou faire taire: les prêtres de l'Assemblée de Ferrol. Ils s'étaient élevés contre lui après qu'il avait froidement tué l'un des leurs, dans un élan de colère. Les ministres de Ferrol ne se prononçaient pas ouvertement contre leur monarque pour ne pas être accusés de trahison, mais ils ne l'appuyaient plus et évitaient tout lien avec le château. Les habitants de la capitale du royaume savaient que les religieux ne tenaient pas Hatios en haute estime, qu'un schisme s'était produit entre le temple et le pouvoir, mais ils n'avaient jamais su pourquoi, même si bien des rumeurs circulaient.

Depuis toutes ces années, le roi ne s'était jamais remarié, si bien qu'aucune femme n'avait eu à supporter sa violence. Hatios était un homme lâche, qui exploitait tout le monde. Il profitait de son titre pour accabler les gens, qu'il pouvait maltraiter impunément. Il était loin d'être le seul homme du genre à Arménis, il était presque devenu un exemple pour les hommes de Ferrolia qui comme lui, étaient devenus pervers et dépourvus de moralité.

La patience du roi avait été mise à rude épreuve ces derniers temps. Le déluge avait provoqué beaucoup de dommages, partout dans le royaume, et les gens demandaient l'aide de leur souverain afin de lutter contre la famine qui sévissait et qui risquait d'empirer à la saison froide. Les fermiers avaient perdu plus de la moitié de leurs troupeaux et de leurs récoltes. Aussi, l'or recueilli par les collecteurs de taxes ne parvenait plus à remplir les coffres royaux. Hatios ordonna donc à ses hommes d'armes d'aller chercher eux-mêmes l'argent dans chaque chaumière du royaume. Les sujets qui refusaient de payer cet impôt étaient emprisonnés sur-le-champ. Certains soldats, encouragés par leur monarque, se transformèrent en pillards, tuant les hommes qui ne collaboraient pas et violant les femmes. Quand des plaintes parvenaient jusqu'à la cour, le roi calomniait l'Église de Ferrol, rejetant la faute sur eux.

— L'oisiveté, la paresse de mes sujets provoquent la colère de Ferrol qui nous a envoyé les pluies incessantes, plongeant le royaume dans des temps durs et éprouvants. Les prêtres ne veillent plus sur vous, cessez de les enrichir.

Pourtant, la population n'était pas dupe. Personne n'ignorait que le roi offrait encore des réceptions au château, où le vin coulait à flots et où l'on ne se privait pas de nourriture. La grogne gagnait en intensité et se propageait lentement à la grandeur du royaume.

Heureusement pour la population, les excès du roi étaient partiellement tempérés par un dénommé Lucius. Ce dernier avait été un confident et un ami du père de Hatios qui le jugeait fin diplomate. Le roi en avait fait son conseiller. Lucius était un brave homme, pragmatique et intelligent. Il ne se mêlait jamais aux bacchanales du roi. Maintes fois, il avait songé à abandonner son poste et se sauver loin de ce tyran égocentrique, mais il finissait toujours par se faire une raison pour le bien du peuple de Ferrolia.

Une association secrète, formée de quelques marchands puissants, de membres de l'Église de Ferrol et d'une demi-douzaine de nobles avait réussi à le convaincre de demeurer aux côtés du roi afin de tempérer ses actions, pour le bienfait de la population. Ladite confrérie préparait le terrain en vue d'une éventuelle rébellion. Mais Lucius se faisait vieux et cette tâche lui pesait lourdement sur les épaules. Il parvenait de plus en plus rarement à faire changer le roi d'idée, tout juste réussissait-il à l'occasion à le convaincre de faire certains compromis. Chaque soir, il priait le saint patron du royaume, le dieu de la mer, qu'il apporte aux habitants du royaume la solution à leurs malheurs. Malgré toutes ses années de prières sans réponses, il ne perdait pas espoir de voir Ferrol leur venir un jour en aide.

Depuis un moment, Lucius avait l'impression que le roi le gardait à ses côtés parce qu'il était un homme apprécié du peuple. Il ne lui adressait presque plus la parole et il l'appelait seulement lorsqu'il effectuait une sortie publique ou qu'il n'arrivait pas à trouver de solution à un problème particulièrement épineux.

L'association secrète devait se rencontrer dans une semaine et Lucius avait décidé de demander aux membres de le remplacer. Il n'avait plus la force de voir l'entourage du roi maltraité et de constater que les habitants étaient considérés comme des esclaves de la couronne.

Lucius se dirigea d'un pas traînant vers sa chambre, après un repas frugal consommé directement dans les cuisines. Le vieil homme à la barbe blanche taillée et aux yeux cernés était maintenant trop vieux pour digérer les mets riches que le roi faisait servir à sa table. Chaque soir, il se contentait d'une soupe ou d'un bouillon, accompagné d'un bout de pain et d'un peu de viande. Parvenu devant sa chambre, il tira une clé de sa poche et déverrouilla la porte. Un feu brûlait ardemment dans le petit âtre, réchauffant la pièce. Lucius eut une bonne pensée pour sa femme de chambre qui avait allumé le feu. Elle le savait frileux, le sang n'affluant plus comme avant dans ses membres perclus d'arthrite. Lucius alluma une lanterne et approcha son fauteuil du foyer avant de s'y affaler. Le conseiller regarda autour de lui. La petite chambre qu'il occupait depuis tant d'années lui faisait davantage penser à une cellule qu'à un refuge. Il soupira, étendit une couverture de laine sur ses jambes, puis se perdit dans la contemplation des flammes dansantes. Son esprit vagabonda pendant quelques minutes, alors qu'il se remémorait sa jeunesse à la cour, puis les déboires du royaume, depuis que Hatios avait accédé au trône. Il pensa à cette nuit fatidique où Dalia était morte et où la petite Miranda avait été prétendument enlevée. Lucius avait une bonne idée de ce qui s'était réellement passé ce soir-là, grâce entre autres au grand prêtre de Ferrol, qui lui avait raconté sa visite chez la reine pour l'avertir que le roi souhaitait sacrifier leur fille. Le grand prêtre était certain que Hatios avait fait tuer son épouse ou qu'il l'avait lui-même assassinée. Peut-être avait-il aussi tué sa fille et caché son corps avant d'inventer cette histoire abracadabrante d'enlèvement. Il se souvenait aussi de Torkil, un homme fier, loyal et dévoué, qui avait jadis apporté son aide au royaume en mettant son épée et son bras à son service, tout comme il se rappelait l'ancienne nourrice, Bernadette. Personne ne sut vraiment ce qui s'était passé dans la chapelle, cette nuit-là, à part le roi. Il était certainement le seul à connaître la vérité puisque tous les autres avaient disparu.

Lucius sentait ses paupières s'alourdir. Il se leva de son fauteuil. Lentement, il se déshabilla avant d'enfiler une épaisse robe de chambre. Comme tous les soirs avant de se mettre au lit, il se dirigea dans un coin de la pièce où se trouvait une petite statue représentant le dieu de la mer. De sa main âgée tremblante, il alluma les chandelles de chaque côté de la statue, puis s'agenouilla avec peine sur le coussin de velours rouge, posé à même le sol de pierre. Lucius joignit les mains et ferma les yeux, mettant tout son cœur dans la prière qu'il adressa à Ferrol.

— Saint patron, voyez la souffrance de votre peuple. Accordez-lui, s'il vous plaît, la paix et le bonheur qu'il mérite. Les gens de Ferrolia ne vous ont jamais oublié et vous ont toujours rendu hommage, malgré les propos insidieux de leur monarque. Faites de moi votre instrument si vous le désirez. Je mets mes forces déclinantes à votre service. Je vous en prie, aidez-nous en ces jours sombres.

Lucius se releva, la douleur dans ses vieux genoux le faisant grimacer. Il souffla les bougies et se dirigea vers son lit.

❋

Ferrol entendait bien la prière de Lucius, comme celle des habitants de Ferrolia. Il était déçu de voir ce qu'il advenait du royaume qu'il avait aidé à fonder et il était en colère contre le roi.

« Il faudrait bien que je m'en occupe, se dit-il, mais la Grande Mère nous a interdit de descendre sur Arménis. Je devrai trouver un autre moyen de régler ce problème. »

Lucius s'était endormi. Le dieu des eaux le plongea dans un rêve apaisant afin de le soulager de ses soucis. Quand le conseiller se leva, au matin, il se sentait revigoré et plein d'énergie, comme il ne l'avait pas été depuis des années. Il ouvrit toute grande sa fenêtre, laissant pénétrer l'air marin dans sa chambre. Le soleil s'éveillait en même temps que lui, encore tout rouge de sommeil.

— Tiens, le vent a changé de direction, dit Lucius. Espérons que c'est un signe précurseur des changements à venir au sein de Ferrolia.

VI

LES YEUX DE BRAND

Le royaume de Ferrolia se terminait au sud, loin de la capitale, à l'endroit où la rivière Hendy se jetait dans la mer. Au-delà de la frontière s'étendait une vaste région marécageuse, pratiquement inhabitée, sinon par de multiples batraciens, oiseaux et moustiques piqueurs qui rendaient fous les rares aventuriers qui la traversaient. Ces terres n'étaient revendiquées par aucun souverain. Les quelques personnes qui s'y étaient installées, dans un coin sec, y vivaient en hommes libres. On comptait parmi eux des gens qui avaient fui la justice ou des esclaves provenant du sud, parvenus à échapper à leur condition.

Cette bande de terre assez vaste était prise en étau entre deux puissantes royautés. Ferrolia au nord et Brandan au sud. Brandan signifiait *le peuple de Brand*, Brand étant la traduction, dans leur langue, du nom d'Ignès, dieu du feu. Les Brandéens, vénéraient le dieu du feu depuis des temps immémoriaux. La raison en était fort simple. Des centaines d'années auparavant, une tribu s'était établie dans les collines, à l'est de la côte, entre des monts plus élevés que les autres. Il s'agissait de volcans en activité d'où s'échappait en permanence une fumée grise. Pour les Brandéens, c'était là une preuve de la présence du dieu du feu parmi eux. Ils étaient convaincus qu'il les protégerait de leurs ennemis. Ils le nommèrent les Yeux de Brand. Au fil du temps, le village se transforma en ville, celle-ci étendant progressivement son influence sur toute la région. Ils appelèrent Tarsa la capitale de leur nouvel empire.

Depuis ce temps, les volcans étaient entrés simultanément en éruption à deux reprises, forçant les citadins à évacuer leur ville. En voyant les coulées de lave s'échapper du cratère et descendre les pentes des collines, les shamans avaient interprété ce soubresaut de la nature comme une punition envoyée par leur dieu.

— Voyez comment pleurent les Yeux de Brand, disaient-ils.

Chaque fois, la cité fut anéantie, et chaque fois, les Brandéens la reconstruisirent, encore plus grande qu'auparavant, espérant apaiser le courroux du dieu du feu. Cette race guerrière étendit rapidement son empire. Brandan devint bientôt un nom craint, synonyme de conquête et de pillage. Le royaume était assez étroit au nord, là où se situait la capitale. Il se terminait à l'ouest par les collines qui bordaient la mer, et à l'est, par une très ancienne forêt qu'on disait occupée par une colonie d'elfes et de créatures des forêts. Une seule fois, les Brandéens avaient tenté d'y pénétrer en force, mais ils avaient dû rebrousser chemin après y avoir subi d'importantes pertes. Ils ne pouvaient prendre de l'expansion que vers le sud, et c'est ce qui se produisit. Sur une carte, l'empire ressemblait à un éventail, lequel s'était déployé en quelques décennies seulement.

Étrangement, Brandan n'avait jamais osé se mesurer à son plus proche voisin, Ferrolia. À quelques reprises, il y avait eu des contacts entre les peuples, mais rapidement, la situation s'était envenimée, et depuis, aucun bateau du nord ne s'arrêtait plus sur les côtes peu hospitalières de Brandan pour y faire du commerce. Était-ce à cause de la mésentente qui régnait entre les dirigeants de ces royaumes en ces temps-là ? C'est ce que les gens croyaient. Les Brandéens étaient considérés comme un peuple agressif et d'une fierté frôlant l'arrogance. On disait que les marais entre les royaumes étaient la zone tampon, là où le pouvoir de Ferrol et celui d'Ignès se rencontraient et s'annulaient. On n'y était ni complètement dans l'eau, domaine de Ferrol, ni complètement au sec, sur les roches ignées.

Craignant au plus haut point le dieu des eaux, les Brandéens évitaient de s'aventurer sur la mer. Ils ne construisaient pas de bateau, préférant mener leurs campagnes militaires à pied ou à dos de cheval, et pêchant à l'aide de filets étendus le long de la côte, à marée basse. Ce peuple guerrier au teint très foncé, aux cheveux et aux yeux noirs, possédait une autre particularité: c'était une société matriarcale, contrairement à Ferrolia. Les femmes y occupaient la majorité des postes importants. Le chef suprême était toujours une reine. Si elle venait à mourir, son époux ne devenait pas roi, il perdait ses droits et on nommait rapidement une autre femme pour succéder à la défunte. La souveraine avait droit de vie ou de mort, et on la considérait comme investie de l'autorité de Brand et représentante du dieu sur Arménis. Ses décisions n'étaient jamais remises en cause et on la vénérait presque autant que le dieu lui-même.

La présente reine se nommait Célias. Elle régnait sur son royaume depuis l'âge de seize ans, soit une dizaine d'années. Elle était aimée du peuple, car sous sa férule, l'empire avait prospéré, s'étirant davantage vers le sud, au détriment des communautés qui y étaient déjà établies. Elle exigeait immanquablement d'eux une reddition sans condition, sans quoi elle balayait avec force toute opposition, massacrant les armées adverses et réduisant le reste de la population à la servitude. Il y avait toujours eu des esclaves dans ce royaume, et on disait que le mortier liant les pierres des imposantes constructions de l'empire, qu'il s'agisse des sophistiqués systèmes d'irrigation ou des ponts, ou encore des murailles protégeant les villes, était principalement composé de leur sueur et de leur sang. Près du quart de la population de l'empire se composait d'esclaves.

Lors de ses conquêtes, la reine Célias ne se contentait pas d'envoyer des armées, elle participait elle-même aux campagnes et prenait plaisir à se lancer personnellement dans la mêlée. C'était une guerrière redoutable, maîtresse de la lance et du javelot. Elle avait formé sa garde personnelle d'élite, exclusivement composée de rudes combattantes. Cette unité la suivait où qu'elle aille, assurant sa protection lors des batailles et la conseillant en temps de paix. Les Vierges de fer, comme on se plaisait à les nommer, ne faisaient pas vœu de chasteté comme leur nom le laissait croire, mais il leur était interdit de se marier et d'avoir des enfants. Si, par malchance, l'une d'entre elles tombait enceinte, les shamans de Brand s'occupaient de mettre fin à sa grossesse.

Le déluge qui avait frappé Arménis n'avait pas épargné l'empire brandéen. Comme partout ailleurs, troupeaux et récoltes avaient été décimés. La famine s'installait déjà dans les grandes villes, ce qui ne laissait présager rien de bon pour l'hiver à venir. Au début, les shamans crurent que les prêtres de Ferrolia avaient provoqué la colère de leur dieu. Juste avant que la pluie cesse, le sol avait tremblé à Tarsa et on y avait vu la réponse de Brand à l'attaque du dieu des eaux. Ils apprirent plus tard que même le royaume de Ferrol avait été victime de ce cataclysme.

Célias, la guerrière, se tenait debout devant son trône en or, une lance du même matériau dans la main. Les Brandéens étaient fascinés par l'or et on en voyait partout au palais. Outre sa lance, la souveraine portait un diadème d'or, ainsi que de larges bracelets. Elle possédait de longs cheveux noirs aux boucles serrées, qui lui descendaient jusqu'au milieu du dos. Son corps svelte aux courbes harmonieuses montrait ses muscles fermes, mais pas suffisamment imposants pour atténuer sa féminité. Contrairement à la majorité des habitants de son peuple, son nez n'était pas épaté, mais droit et étroit. Elle était d'une beauté à couper le souffle et avait une prestance et un charisme hors du commun.

La reine déposa sa lance d'apparat. De chaque côté de son trône se tenait un esclave mâle, prêt à répondre promptement à ses exigences, quelles qu'elles soient. Elle avait convoqué quatre des vierges qu'elle considérait comme ses conseillères les plus avisées. Elles discutaient de la situation à travers l'empire depuis déjà près d'une heure.

— Les temps sont durs pour notre peuple, dit Célias. Si je me fie aux derniers rapports, la famine guette toutes les cités de l'empire et les fermes ne parviendront pas à produire assez de denrées avant l'hiver pour remédier à la situation. Nous devons agir. Quelles sont nos options ?

— Elles ne sont pas légion, dit Beretta, la doyenne du groupe. C'était la première de toutes à avoir prêté serment comme Vierge de fer. Comme vous le dites, nous risquons de manquer de vivres. Nous devons en trouver et seuls deux choix s'offrent à nous: en acquérir par le commerce ou par la force.

— Les coffres de l'empire sont pleins, rappela Kyla, l'amante avouée de Beretta, mais nous aurons de la difficulté à trouver quelqu'un avec qui commercer. J'ai entendu dire qu'aucun peuple n'avait été épargné par le déluge. Tous seront dans la même situation que nous.

Beretta jeta un regard à sa maîtresse et hocha la tête, acquiesçant à ses propos. Kyla lui sourit avant de porter son regard sur l'un des esclaves. Il s'agissait d'un homme jeune et grand, au visage glabre et aux yeux vifs. Il avait été capturé par une patrouille, au-delà de la frontière nord, près des marais. Beretta plissa les yeux quand elle vit l'intérêt que son amante portait au jeune homme. Kyla ne se gênait pas pour partager son lit avec des hommes, autant qu'avec des femmes. La fidélité n'était pas sa plus grande qualité. Elle reporta son regard vers Beretta et lui sourit à nouveau. Elle savait qu'elle avait atteint son but quand elle vit la jalousie assombrir le regard de la doyenne des guerrières.

— Il nous reste donc une seule solution, nous procurer des vivres par la force, dit Célias, venant rompre l'échange silencieux entre les femmes.

— Qui attaquerons-nous ? demanda Beretta en reportant son attention sur des problèmes beaucoup plus importants que les siens et ses préoccupations sentimentales. Au nord, au-delà des marais se trouve Ferrolia, d'une puissance égale à la nôtre. Au sud, notre domination s'étire jusqu'au désert. Nous avons tout conquis dans cette direction, à part les cavernes du clan de nains des Marteaux d'argent, et à l'est, la forêt des elfes. À l'ouest, il n'y a que la mer.

— Attaquons les elfes, avança Kyla. Ce sont les derniers à nous avoir résisté et cela ne doit pas demeurer impuni. Les nains vont se terrer dans leurs cavernes et nous ne parviendrons pas à les en extraire. De plus, il s'agit d'un clan relativement petit. Nous n'y trouverons pas de denrées en quantité suffisante pour approvisionner les cités.

La reine s'assit sur son large trône et son regard se perdit au loin. Ses longs ongles tambourinaient sur le bras du trône. Elle réfléchissait.

— Une attaque en force nous coûtera cher en or et en nourriture ; toutefois, je crains que nous n'ayons d'autres choix. Nous allons envoyer plus de gens le long de la côte. Que la moitié des fermiers qui ont tout perdu soient recyclés en pêcheurs. S'il y a une chose dont nous ne manquerons pas, c'est bien de poisson. Les autres demeureront dans les champs pour prêter main-forte à ceux qui ont encore des terres arables et du bétail. Ça me fait mal au cœur, mais nous devrons aussi reconduire plusieurs esclaves hors de nos frontières. Moins d'esclaves signifie moins de bouches à nourrir. Ils mourront, certes, mais je préfère m'occuper de mon peuple en premier. Beretta, occupe-toi de transmettre ces ordres.

— Et pour l'attaque ? demanda la doyenne qui s'intéressait davantage à la guerre qu'à la gestion des ressources de l'empire.

Célias demeura quelques instants silencieuse, alors qu'elle élaborait un plan dans son esprit de guerrière. Finalement, elle releva la tête et sourit aux quatre femmes assemblées.

— Nous allons préparer notre armée. Dans un mois, nous prenons la route vers l'est.

— Nous attaquerons donc les elfes ? demanda Beretta.

La reine secoua la tête.

— Non, les elfes n'ont pas de bétail. Nous passerons entre la forêt et les collines en bifurquant vers le nord. Le dieu de la mer ne semble plus appuyer son peuple comme auparavant, sans quoi il n'aurait jamais toléré qu'il soit, comme nous, noyé sous ses eaux. C'est le moment d'en profiter et d'attaquer son royaume.

Les yeux de Beretta brillèrent d'excitation à la perspective de se mesurer enfin au réputé royaume de Ferrolia. Kyla, de son côté, demeura songeuse. Ferrol n'appuyait peut-être plus son peuple, mais Brand n'avait pas fait mieux pour eux. Elle se promit de demander l'opinion des shamans à propos de cette campagne.

VII

L'ENFANT-DIEU

Agizel eut bien peu de temps pour dorloter son jeune frère Culcuth, le second du nom, futur dieu de la mort, né à peine une semaine auparavant. Le bébé aux cuisses potelées et aux doigts boudinés vieillissait à un rythme extrêmement rapide. Comparativement à un enfant humain, il vieillissait d'un an par journée écoulée sur Arménis. Une fois adultes, les dieux ne vieillissaient plus.

L'enfant passait la plupart de son temps avec la déesse de la vie, qui lui avait déjà enseigné à lire et à écrire. Culcuth était comme une éponge, gobant toutes les connaissances qu'on lui transmettait. Il avait une excellente mémoire. Il résidait dans la demeure d'Agizel, la Dame Blanche ayant décrété qu'il pourrait prendre possession du domaine de son prédécesseur, mais seulement lorsqu'il aurait atteint sa majorité. À la vitesse avec laquelle il grandissait, il fallait s'attendre à ce que les fidèles puissent vénérer leur nouveau dieu dans quelques jours. Il n'avait presque jamais vu sa mère. La Dame Blanche préférait limiter les contacts avec lui, car elle ne voulait pas que l'enfant soit dépendant d'elle, notamment parce qu'elle devait partir bientôt.

D'autres divinités venaient compléter l'éducation de Culcuth, chacune expliquant les complexités de son domaine. Forgia, dieu du pardon, était la figure masculine la plus proche de l'enfant. Il aimait le taquiner en l'appelant sarcastiquement « vieil oncle ». Culcuth n'avait généralement pas de difficultés à bien comprendre l'étendue des responsabilités et des pouvoirs des siens. Il était d'une vivacité d'esprit étonnante. Toutefois, il avait du mal à comprendre certains champs d'activité. D'abord, celui d'Étopos, déesse du chaos. On lui avait enseigné que les dieux devaient s'abstenir de répandre le mal ; pourtant, il ne comprenait pas comment Étopos pouvait semer le chaos sans faire intervenir le mal. L'autre domaine qui demeurait un mystère à ses yeux était celui opposé à Étopos, le domaine de l'ordre et de la justice, que contrôlait Libra.

Culcuth était de ces enfants qui ne peuvent trouver le repos, tant qu'une question accapare leur esprit. Il décida donc de rendre visite à Libra, après avoir préalablement demandé la permission à Agizel, qui la lui donna sans rechigner. Libra avait beaucoup aidé la déesse à éduquer l'enfant. Agizel devait reconnaître qu'elle parvenait difficilement à discipliner le bambin. Libra, elle, y était parvenue, non sans regret, et elle avait bien fait comprendre à Agizel les dangers que représente le fait de combler tous les désirs de Culcuth. Comme tous les enfants, il testait sans cesse les limites des autres divinités ; cela faisait partie de son apprentissage. Agizel fit les efforts nécessaires pour remédier à son manque de discipline. Malgré le cadre que Libra lui imposait, Culcuth aimait bien la déesse de la justice. Il la savait inflexible, mais juste, capable tout autant de le récompenser que de le punir.

Libra accueillit son jeune frère avec joie. Elle le questionna sur sa formation, sur ce qui l'amusait et l'intéressait et sur ce qu'il aimait un peu moins. Il lui confia les raisons de sa visite. Quand il eut terminé de formuler ses questions, Libra demeura quelques instants à l'observer.

— As-tu déjà interrogé Agizel à ce sujet ? demanda-t-elle, alors qu'un sourire bienveillant étirait ses lèvres roses.

— Non, avoua l'enfant en baissant les yeux, un peu gêné. J'aime infiniment Agizel, mais elle me traite comme un bébé. J'imagine qu'elle me dira que je comprendrai quand je serai plus grand, mais je veux savoir maintenant. Toi, tu as toujours répondu sans détour aux questions que je t'ai posées.

— Je vois, répondit Libra. Laisse-moi d'abord te dire que tu ne devrais pas anticiper les réponses d'Agizel. Tu pourrais être surpris, crois-moi. Parmi nous, c'est elle qui possède le plus de connaissances et de sens commun. Tu devrais te fier à son jugement. Toutefois, c'est avec plaisir que je t'aiderai à éclaircir les notions de bien et de mal, et celles de l'ordre et du chaos, en fonction de mes capacités.

Culcuth plongea ses yeux noirs dans ceux de la déesse de la justice. Il attendait avec intérêt ses explications.

— Je ne pourrai malheureusement pas te donner une idée claire des concepts que tu peines à comprendre. Ce n'est pas tout blanc ou tout noir. Prends l'exemple du feu, le domaine d'Ignès. Ce concept est facile à assimiler, car il est concret. On peut toucher le feu et le voir, sentir la chaleur qui s'en dégage. Les autres domaines sont tout aussi faciles à comprendre. Tu n'aurais sûrement pas de problème à m'expliquer ce qu'est la vie, la mort, la nature, l'air, l'eau, même l'art, n'est-ce pas ?

— Non, c'est facile à comprendre.

— Bien, reprit Libra. Il n'en va pas de même en ce qui concerne l'ordre ou le chaos, ou le bien et le mal. Ce sont des concepts qui peuvent être perçus différemment d'un individu à l'autre. Je vais illustrer mon propos à l'aide d'une histoire dont m'a déjà fait part Maracon. Il y a des cerfs qui vivent dans le nord d'Arménis. L'été, ils gambadent dans les bois et les champs et trouvent de la nourriture sans peine. Pendant l'hiver, ils doivent creuser dans la neige afin de trouver leur pitance ou encore ils mangent l'écorce et les bourgeons que l'épaisse couche de neige met à leur portée. Tu me suis jusque-là ?

Culcuth hocha la tête.

— Il est déjà arrivé, poursuivit la déesse, lors d'un hiver où il était tombé une quantité inhabituelle de neige, que les cerfs manquent de nourriture. Plusieurs bêtes moururent de faim et les troupeaux furent décimés de moitié. Un prêtre de Maracon, voulant leur venir en aide, alla acheter une grosse quantité de foin séché qu'avait récolté un fermier pour ses vaches et ses moutons. Il se rendit dans les bois et il donna le foin aux cerfs qui ne se firent pas prier pour remplir leur panse vide. Une semaine après, la plupart des bêtes qu'il avait nourries moururent ou tombèrent gravement malades. L'homme ignorait que le système digestif des cerfs change au cours des saisons et que le foin qu'il leur avait donné et qui les aurait si bien nourris en été, se transformait en poison pour eux en hiver. Ainsi, plus de cerfs moururent que s'il avait laissé la nature suivre son cours. Que retiens-tu de cette histoire ?

Culcuth demeura pensif quelques secondes avant de répondre.

— Qu'il ne faut pas se substituer à la nature ?

— En effet, c'est la dure leçon qu'a apprise le prêtre, mais il y a autre chose, en lien avec tes interrogations.

L'enfant fronça les sourcils et pinça ses lèvres. Finalement, il dut s'avouer vaincu, il ne connaissait pas la réponse. Il regarda Libra et haussa les épaules, gêné de ne pas avoir compris la leçon.

Voyant son expression contrite, Libra éclata de rire. Culcuth sourit en comprenant qu'il ne l'avait pas déçue.

— Ne t'en fais pas, dit-elle pour le rassurer. Tu ne dois jamais te sentir honteux si tu ne comprends pas quelque chose. Reconnaître ses lacunes ou accepter ses torts, c'est déjà un bon bout de chemin de fait vers la sagesse et le bien. Je vais te poser une autre question pour t'aider à comprendre. Le prêtre a-t-il fait le bien ou le mal en donnant du foin aux cerfs ?

— Le mal, répondit aussitôt le garçon, puisque plusieurs créatures sont mortes avant leur temps à cause de son intervention.

— D'accord, concéda Libra. Mais quelle était la motivation première de cet homme ?

— Il voulait les aider…

Culcuth s'arrêta en plein milieu de sa phrase et Libra sourit derechef lorsqu'elle vit son visage s'illuminer, montrant ainsi qu'il venait de comprendre.

— Il était convaincu de faire le bien, conclut Culcuth.

— Voilà. Parfois, la frontière entre les deux concepts est très ténue. En tant que déesse de la justice, lors de mes jugements, il est de mon devoir de considérer non seulement les résultats des actes posés, mais aussi leurs motivations. Parfois, pas toujours, certaines circonstances peuvent atténuer la gravité d'un acte qui aurait pu nous sembler abject. Tu comprends ?

— Je crois que oui, dit l'enfant. Comment fais-tu, lorsque tu possèdes tous les éléments, pour porter un jugement sans te tromper ?

— Judicieuse question, le félicita Libra. Je peux toujours me servir de mon orbe de vérité, mais quand arrive l'heure du jugement et de la sentence, je me sers de deux outils.

— Lesquels ? demanda Culcuth, excité.

La déesse de la justice lui avait déjà montré l'orbe de vérité et lui avait déjà expliqué comment il fonctionnait. Il s'attendait à voir Libra sortir d'autres objets magiques de ses poches.

La déesse appliqua son index sur sa poitrine, puis sur son front.

— J'utilise ça et ça, précisa-t-elle, au grand désarroi de Culcuth. Je me sers bien sûr de ma tête, mais aussi de mon cœur. Ce n'est qu'en conciliant ce que me disent l'un et l'autre que je peux porter un jugement éclairé et ne jamais éprouver de remords. Par contre, nous avons beau être des dieux, nous ne sommes pas infaillibles et chacun de nous peut un jour ou l'autre commettre une erreur.

— Comme le premier Culcuth ? demanda le garçon avec toute l'innocence des enfants de son âge.

— J'ai bien peur que ton prédécesseur ait commis bien plus qu'une erreur. Il était très intelligent, mais il a laissé ses sentiments prendre le dessus sur son bon sens. Si tu veux, un de ces jours, je pourrai t'en parler, mais pour le moment, tu as des choses plus urgentes et plus pratiques à apprendre.

Le garçon acquiesça. Il sursauta quand un éclair blanc illumina la pièce. Culcuth cligna des paupières avant de s'apercevoir que la lumière résultait de l'arrivée de Ferrol, dieu des eaux. Libra regarda son frère, et juste à son regard assombri, elle devina que quelque chose n'allait pas.

— Bonjour Libra, il faut que je te parle, annonça-t-il sans plus de préambule. Ah ! Bonjour Culcuth, je ne t'avais pas vu. Est-ce que je vous dérange ?

— Non, s'empressa de dire Culcuth en se levant de son siège. J'étais venu demander conseil à Libra et elle a répondu à mes questions. Il faut que je réfléchisse à tout ça. Merci pour tout Libra, et à bientôt. Au revoir Ferrol.

— N'hésite pas à venir me visiter si tu penses que je peux t'aider. Tu peux aussi venir me voir pour bavasser un brin, dit Libra en passant une main dans les cheveux de l'enfant-dieu, qui lui fit un sourire avant de quitter les lieux, laissant Libra et son frère seuls.

— Agizel l'élève bien, remarqua le dieu. Tout jeune, et déjà, il sait être discret et s'effacer quand c'est nécessaire.

— Il est très intelligent, je l'adore. Revenons, si tu le veux bien, au but de ta visite, car je devine que tout ne va pas comme tu le souhaites.

— J'aimerais connaître ton avis concernant une situation qui me turlupine sur Arménis, dit Ferrol d'un ton un peu bourru.

La déesse de la justice ne se formalisa pas de l'attitude de son frère. Déjà, elle reconnaissait les immenses pas vers l'avant qu'avait faits le dieu. Le Ferrol antédiluvien et celui d'aujourd'hui différaient grandement. Jamais, auparavant, il n'aurait osé consulter un autre dieu ; il aurait fait cavalier seul, sans se soucier des conséquences de ses gestes. Libra était trop contente de constater qu'il avait changé pour le rabrouer à propos du ton qu'il prenait.

— Je suis flattée que tu viennes me consulter, dit-elle pour l'encourager. Qu'est-ce qui te tracasse ?

— C'est à propos du royaume de Ferrolia. Tu n'es pas sans savoir que ce petit bout de terre m'a toujours tenu à cœur. C'est là où je compte le plus de fidèles.

Libra acquiesça et attendit la suite.

— J'ai été patient, peut-être même trop. Le tyran qui règne sur le royaume dépasse les bornes. Il y a quelques années, il a tué un de mes prêtres. Il nuit à mon culte par tous les moyens possibles, répandant des calomnies à son sujet, à qui veut bien l'entendre. Si seulement ce n'était que ça ; mon Église est assez forte pour lui résister, mais depuis le déluge et la famine qui menace à présent le peuple, il dépouille les pauvres, les torture et les tue, tout ça afin de conserver le même rythme de vie qu'auparavant. Ça ne peut plus durer. Le royaume doit se débarrasser de ce despote ; les gens, là-bas, méritent mieux que ça.

— Que comptes-tu faire ? demanda Libra, même si elle se doutait un peu de la réponse.

— C'est pour ça que je suis venu te consulter. Avant, j'aurais débarqué là-bas pour châtier ce Hatios moi-même, mais notre mère nous a bien avertis qu'il nous était dorénavant interdit de nous rendre sur Arménis. Si seulement ce tyran allait en mer, je pourrais provoquer une tempête telle que son navire sombrerait. J'aurais bien d'autres idées, mais elles impliquent la mort d'innocents, ce que je veux éviter. Je ne sais pas trop où se situe la limite des interventions permises par notre mère.

— Je vois, dit Libra en se frottant le menton, songeuse. En résumé, tu as quelques idées pour intervenir sur Arménis, mais tu crains que ces actions dépassent le cadre des restrictions que nous a imposé notre mère ?

Ferrol hocha la tête, son froncement de sourcils faisant apparaître deux rides verticales sur son front, juste au-dessus de son nez.

— Pour ma part, je ne vois pas pourquoi tu n'interviendrais pas, du moment que des innocents n'en souffrent pas. Ça me semble être pour une bonne cause. J'ai une idée ! s'exclama soudainement la déesse, alors que son visage s'éclairait. Profitons du fait que notre mère se trouve toujours parmi nous. Soumets-lui tes idées. Ce qu'elle nous dira risque fort de m'être tout aussi utile qu'à toi lorsqu'elle nous aura quittés et qu'il m'incombera de porter des jugements sur nos actes.

— Tu crois que c'est nécessaire ? demanda Ferrol, qui n'osa pas avouer qu'il se sentait toujours un peu mal à l'aise face à sa mère. Le fait de savoir qu'elle pouvait connaître chacune de ses pensées lui donnait des frissons dans le dos.

Libra se contenta de hocher la tête. Le dieu de la mer se résigna et ils disparurent de la pièce.

VIII

CONSEILS

L'homme encapuchonné avançait silencieusement dans la nuit fraîche, dissimulé non seulement par ses vêtements, mais aussi par l'épais brouillard qui recouvrait Ferrolia. Il aurait souhaité que ses pas ne résonnent pas autant sur les pierres du chemin qui le menait à l'endroit de son rendez-vous. Il se demanda s'ils étaient plusieurs comme lui, par cette sinistre nuit, à errer secrètement dans les rues de la capitale du royaume. Il imagina de jeunes hommes se rendant à des rendez-vous galants, avec des personnes que leurs familles leur interdisaient de voir ou encore des voleurs se cachant dans les ruelles, à l'affût d'une proie. Il espérait ne pas être attaqué. À cette pensée, un tremblement secoua ses vieux os. Il resserra le col de son manteau et accéléra le pas.

Après quelques minutes, il devina plus qu'il ne vit l'immense silhouette du temple de Ferrol qui se dressait devant lui. Il se retourna, s'assurant qu'il n'avait pas été suivi, puis il emprunta une petite ruelle adjacente, à sa droite. Après avoir jeté un autre coup d'œil aux alentours, il gravit un petit escalier et frappa trois coups lents, suivis de trois coups plus rapides. Il ne le savait pas, mais il faisait exactement le même trajet que Hatios avait fait, plus de douze ans auparavant, alors qu'il était venu consulter le grand prêtre de Ferrol en cachette. La coupure définitive entre la couronne et le culte du dieu des eaux s'était produite à la suite de cette rencontre.

La porte s'ouvrit dans un grincement lugubre et le visiteur se faufila rapidement à l'intérieur. Un prêtre, silencieux comme une tombe, le conduisit jusqu'à une salle où d'immenses chandelles éclairaient une table où siégeaient six individus au visage sombre. L'homme rejeta vers l'arrière son capuchon, puis enleva son manteau, qu'il déposa sans cérémonie sur le dossier d'une chaise. D'un signe de tête, il salua chacune des personnes présentes, avant de s'asseoir à son tour. Il constata qu'il était le dernier arrivé. Devant lui se trouvait Ulbar, grand prêtre de Ferrol. À sa droite, il y avait Savanna, une baronne, et Ronaldo, un riche marchand. Sur sa gauche, on retrouvait deux autres nobles et Mélénil, un érudit, qui cumulait les fonctions de scribe et de juge. Il savait aussi lancer quelques sorts peu puissants qui lui valaient également le titre de magicien.

— Bienvenue, Lucius, déclara le grand prêtre de Ferrol qui présidait cette réunion secrète. Heureux de voir que vous avez pu vous libérer de vos tâches de conseiller au château.

— Le roi s'est absenté pour quelques jours, il m'a été plus facile de m'éclipser, expliqua le vieux conseiller.

— Où est-il parti ? demanda la baronne Savanna en se frottant nerveusement les mains.

Ces rencontres la rendaient toujours mal à l'aise, elle craignait continuellement que les soldats du roi enfoncent la porte. On pourrait aisément les accuser de trahison et Savanna savait trop bien quelle serait la punition que leur infligerait Hatios pour une telle offense. Elle n'avait pas envie d'être décapitée d'un coup de hache du bourreau.

— Officiellement, il est parti avec une cinquantaine de soldats vérifier les dégâts que les pluies ont provoqués au nord de la capitale. En réalité, je crois plutôt qu'il est allé rendre visite à la baronne Verbeeg. Ce n'est plus un secret à la cour. Il en a fait son amante depuis quelque temps.

— Grand dieu ! S'il s'occupait aussi bien du royaume que de ses maîtresses, nous ne serions pas réunis, ici, ce soir, lança avec amertume Ulbar en secouant légèrement la tête. Les lubies du roi passent toujours avant les intérêts du peuple. C'est d'ailleurs pour cette raison que nous nous sommes réunis ce soir.

— Cette nuit... fit remarquer Mélénil en étouffant un bâillement.

— Nous devons à tout prix éviter de nous faire voir, se défendit le grand prêtre en réponse au sous-entendu de Mélénil.

Le noble balaya l'air d'une main, indiquant qu'il comprenait très bien les motivations du représentant de Ferrol.

— Mes amis, notre association n'est pas vaine, nous nous réunissons depuis près de cinq ans et nos actions permettent d'atténuer le mal qu'inflige Hatios à notre peuple, et au royaume. Notre plus grand atout demeure la présence de Lucius, en qui le roi a confiance. Mais ne minimisez pas vos apports à la cause.

Lucius hocha la tête pour le remercier du compliment.

— Nous n'avons jamais parlé, jusqu'à ce jour, de nous débarrasser de Hatios de quelque manière que ce soit, et en ce sens, je ne nous ai jamais considérés comme des traîtres à la couronne, ajouta le prêtre. Je n'ai pas à vous rappeler toutes les horreurs commises par le souverain, à commencer par une multitude de meurtres gratuits, comme celui de l'un de mes prêtres ou l'assassinat de la reine Dalia. Peut-être a-t-il aussi tué Miranda, sa fille, qui n'a jamais été retrouvée. Je me demande aujourd'hui si nous ne devrions pas réviser notre position.

Un silence plana pendant quelques secondes sur la pièce, le temps que tous réalisent que le grand prêtre envisageait peut-être un soulèvement contre leur monarque. Plusieurs remuèrent d'inconfort sur leurs chaises, pourtant bien rembourrées.

— Ne soyons pas hypocrites, reprit Mélénil, nous devons tous avouer que cette idée nous a traversé l'esprit à un moment ou à un autre. Toutefois, de là à le faire…

— Je ne dis pas que nous devons obligatoirement assassiner le roi ou l'exiler, rien de tout ça, du moins pour le moment, nuança le grand prêtre en reculant sur sa chaise et en se passant une main sur la nuque. Je veux juste que nous considérions cette possibilité vu les derniers événements. Hatios agit de plus en plus en despote. Il transforme petit à petit ses soldats autrefois fiers et droits en bandits ; ils vont piller les villages en son nom afin qu'il puisse financer ses nombreux bals et donner ses fastes réceptions. Le peuple souffre dans le royaume entier, peut-être même encore plus ici, dans la capitale.

— J'essaie pourtant de le ramener à de meilleurs sentiments, déclara Lucius en secouant la tête, mais il ne porte plus une oreille aussi attentive à mes conseils, comme c'était le cas autrefois. Je ne suis plus, au château, qu'un vieillard qui rappelle aux gens une époque révolue, un peu comme une peinture ou un bibelot.

— Personne ici ne met en doute vos efforts, Lucius, dit Joshua, l'un des nobles et le plus jeune de l'assemblée. Vous en avez déjà fait énormément. Il est temps que d'autres viennent vous soulager de votre fardeau.

— Et à quoi pensez-vous ? demanda Mélénil.

— Chassons Hatios de son trône, répondit le fougueux noble en levant le poing.

— Bien, reprit le magicien, supposons que nous parvenions à échafauder un plan pour nous débarrasser du roi et que nous réussissions. Que se passera-t-il ensuite ? Nous risquons de plonger le royaume dans l'anarchie s'il n'y a aucun dirigeant pour le remplacer. Qui succédera à Hatios sur le trône ? Dois-je vous rappeler qu'il n'a pas de descendant ?

— J'en suis conscient, reprit Joshua. Je me dis seulement qu'il devient urgent d'intervenir, avant que Hatios ruine Ferrolia.

— Lucius pourrait lui succéder comme intendant, le temps que nous lui trouvions un successeur.

Le concerné émit un petit rire qui ressemblait quasiment à un toussotement.

— Non, merci, je suis trop vieux et je n'ai plus l'énergie ni la force d'assumer une telle responsabilité. J'ai encore moins les compétences pour le faire.

— Pour les forces, je vous l'accorde, vous êtes trop vieux, fit Mélénil pour le taquiner. Mais en ce qui concerne les compétences, vous vous trompez, mon ami. Vous possédez toute l'intelligence et le bon sens nécessaire. Il est à parier que vous feriez cent fois mieux que Hatios.

— Nous pourrions simplement abolir la monarchie, suggéra Savanna. Le royaume de Ferrolia pourrait devenir un État dirigé par un Conseil ou quelque chose du genre.

Le grand prêtre de Ferrol leva les mains pour demander le silence.

— N'allons pas trop vite, mes amis. Avant de décider quoi que ce soit, il faut y réfléchir. Nous devons nous assurer que les décisions que nous prendrons ne plongeront pas le royaume dans le chaos, comme l'a fait remarquer Mélénil. Allons-y étape par étape. Premièrement, nous semblons tous d'accord pour dire que Hatios a causé déjà trop de torts à son peuple et que nous devons agir, n'est-ce pas ?

Toutes les personnes présentes approuvèrent les dires d'Ulbar.

— Nous devons également nous assurer de l'appui de la majorité de la population, quelles que soient les actions que nous poserons. Nous devons rallier les riches, les pauvres, les pêcheurs et les citadins à notre cause.

— C'est là un travail de longue haleine, observa Lucius.

— En effet, dit le grand prêtre. D'autre part, je ne peux mettre de côté le fait que Hatios a été couronné dans l'océan, selon le rite sacré de Ferrol. En conspirant contre lui, je veux m'assurer que nous ne mettrons pas notre dieu en colère.

— Ferrol n'approuve sûrement pas ces actes barbares. Ça me semble impensable, fit remarquer Joshua en secouant la tête.

— J'en serais également étonné, mais il ne faut pas présumer de la volonté d'un dieu. Laissez-moi quelques jours pour prier. Ferrol m'enverra peut-être un signe afin de me guider. Je propose que nous nous retrouvions ici dans une semaine, jour pour jour.

Les membres du Conseil secret signalèrent leur accord, puis chacun quitta le temple de Ferrol afin de regagner son logis. Comme les autres, Lucius pensait déjà au feu brûlant dans l'âtre de sa chambre, mais avant d'y arriver, il devait de nouveau plonger dans le brouillard qui glaçait ses vieux os.

❋

La Dame Blanche demeura songeuse un moment, alors que Libra et Ferrol attendaient patiemment son avis. Le dieu de la mer lui avait confié ses tracas et lui avait dit qu'il souhaitait intervenir dès que possible, afin d'apaiser rapidement les souffrances du peuple de Ferrolia.

— Les gens de ce royaume ne sont pas les seuls à souffrir ni les premiers à être dirigés par un homme aux mœurs douteuses, loin de là, affirma l'ultime déesse en fixant son regard opalescent dans celui de son fils. Nous devons éviter d'intervenir chaque fois qu'il se passe quelque chose qui ne nous plaît pas sur Arménis.

Ferrol fronça les sourcils, attendant la suite. La Dame Blanche regarda tour à tour ses deux enfants. Un sourire étira ses lèvres.

— Il y a une idée qui me trotte dans la tête depuis la fin du déluge. Je ne sais pas si mon plan pourra t'être utile, Ferrol, mais ça pourrait être intéressant.

La Grande Mère garda le silence quelques secondes avant de rajouter:

— Je crois que le moment est arrivé… Venez avec moi, je vais vous expliquer quelque chose. Nous aurons aussi besoin de Viernet.

Libra jeta un regard interrogateur à son frère qui se contenta de hausser les épaules.

IX

LE REVENANT

Servia commençait à perdre patience, même si *Le Geignard* avait quitté Janaéra depuis quatre jours seulement. Non pas que les matelots ne la traitaient pas bien, au contraire. Elle avait beau leur demander de s'adresser à elle comme à n'importe quel passager, les marins ne pouvaient s'enlever de la tête qu'elle était la princesse de Ferrolia, l'héritière du trône. Ils étaient visiblement embarrassés et n'osaient pas converser avec elle. Les plus timides allaient même jusqu'à faire de gauches courbettes sur son passage. Elle avait dû leur ordonner de ne pas agir ainsi, ce qui les avait mis encore plus mal à l'aise. Elle avait eu droit à un répit lorsque le navire avait fait escale à Furtac et à Carbelton, puisque les habitants de ces bourgs ignoraient qui elle était. Le capitaine Darius avait bien averti son équipage de ne pas dévoiler l'identité des passagers du *Geignard* à qui que ce soit. Pour s'assurer de leur discrétion, même lorsqu'ils mettaient le pied à terre pour passer quelques heures, il les obligeait à se déplacer par paires afin que chacun puisse surveiller le matelot avec qui il était jumelé.

Heureusement, il y avait Keiko, Darius et Paolo, le second, avec qui elle pouvait entretenir une conversation presque normale, ainsi que Hugo, qui n'était pas un sujet de Ferrolia, et qui se souciait peu du protocole et de l'étiquette. Il en était de même avec l'homme qu'ils avaient sauvé des griffes des prophètes à Janaéra. Ce jour-là, n'en pouvant plus des salamalecs de quelques irréductibles marins, Servia descendit dans la cale pour passer quelques instants avec Brega. Elle allait le visiter plusieurs fois par jour, souvent en compagnie de Keiko. Cette fois, le jeune garçon ne l'accompagnait pas. Il était occupé à lire un livre que lui avait prêté Paolo, qui racontait l'histoire d'un prince qui avait dû traverser d'innombrables dangers afin de secourir son amoureuse. Servia l'avait lu aussi. Même si les livres étaient relativement rares, Thomas, son père, possédait un exemplaire de celui-ci. Keiko lisait un livre de fiction pour la première fois, et cela le fascinait.

En arrivant près de Brega, Servia remarqua que l'âne avait été nourri. Il avait du foin en quantité et il restait encore un peu d'avoine dans son auge. La bête gardait la tête basse. Ses longues oreilles velues pendaient de chaque côté de sa tête, lui donnant un air misérable. Servia en ressentit un pincement au cœur.

— Mon pauvre Brega, dit-elle. Je n'aime pas te voir aussi triste. Je sais que tu n'aimes pas la mer et que tu préférerais à tout le moins être sur le pont, à l'air pur, mais l'espace est restreint là-haut. Si ça peut te réconforter, nous avançons rapidement vers le sud, et ce, depuis notre départ. La mer est calme et les vents nous sont favorables. Nous avons déjà presque la moitié du trajet de fait. De plus, nous ne nous rendrons pas à la capitale. Nous débarquerons à la limite nord du royaume et nous ferons le reste du trajet à pied.

Brega ramena ses oreilles vers l'arrière, montrant clairement que les paroles de Servia ne l'encourageaient guère. La jeune fille vint appuyer son visage contre le museau de velours de l'animal et lui gratta les joues.

— Nous n'avons pas eu le choix, Brega, ne m'en veux pas. Il fallait fuir Janaéra en vitesse. Je te promets qu'après ce voyage, je ne t'embarquerai plus sur un bateau sans que tu le veuilles.

Le petit équidé se laissa amadouer par la voix douce et les caresses de sa maîtresse. Il s'avança autant que sa corde le lui permettait et appuya sa tête contre l'épaule de la jeune fille.

Quand Servia revint sur le pont, elle trouva Keiko assis à la proue, adossé contre la rambarde, le nez toujours plongé dans son livre. Elle vint s'asseoir à ses côtés. Keiko leva les yeux vers elle, lui sourit, puis ferma son bouquin, et attira son amie plus près de lui, en passant son bras autour de ses épaules. Il allait lui donner un baiser sur la joue, mais la jeune fille se retourna vivement, de manière à ce que leurs lèvres se rencontrent. Keiko recula quelques secondes après ce baiser, et regarda autour de lui. Il aperçut des matelots qui lui sourirent et il rougit jusqu'à la racine des cheveux.

— Ne sois pas mal à l'aise, le réprimanda gentiment Servia. Nous avons le droit de nous embrasser, il n'y a rien de mal là-dedans.

— Je n'y peux rien, j'ai l'impression de me donner en spectacle, dit Keiko.

— C'est ridicule, répliqua Servia en saisissant la tête de son ami entre ses mains, avant de lui donner un autre baiser sur la bouche.

— Pardonnez-moi de vous déranger.

Le couple leva les yeux et aperçut Paolo, qui les regardait avec un sourire à peine réprimé. Keiko rougit derechef.

— Le capitaine nous invite tous les trois à partager son repas, poursuivit le second.

— Avec plaisir, dit Keiko, qui se releva prestement; puis, il tendit galamment une main à sa compagne afin de l'aider à se mettre debout.

Keiko réalisa qu'il devait être passé midi. Totalement absorbé par sa lecture, il n'avait même pas entendu les plaintes répétées de son estomac. Il réalisa qu'il avait une faim de loup.

Darius les accueillit avec joie et les invita à s'asseoir autour de la petite table clouée au plancher, au centre de sa cabine. Les quatre convives partagèrent du pain et un ragoût de bœuf. Keiko entamait sa seconde assiette lorsqu'une voix les fit sursauter.

— Bonjour, Servia, bonjour, Keiko.

Darius et Paolo bondirent sur leurs pieds, la main sur la garde de leur épée, lorsqu'ils virent un inconnu aux longs cheveux foncés, à l'imposante musculature et aux yeux noirs et perçants. Il était vêtu d'une toge blanche et se tenait derrière eux, près de la couchette du capitaine.

« Qui est cet homme ? Comment, diable, est-il arrivé ici ? se demanda Darius. Qui l'a laissé monter à bord sans me prévenir ? »

Servia et Keiko, les yeux ronds, avaient quant à eux reconnu le visiteur.

— Viernet ? C'est toi ? demanda Servia.

Le visiteur hocha la tête.

— Comment es-tu parvenu jusqu'ici ? La dernière fois que nous t'avons vu, tu te battais contre le sphinx, puis tu as disparu. Que s'est-il passé ?

— Vous connaissez cet homme ? demanda le capitaine, qui ne cessait de fixer Viernet, méfiant. Qui vous a autorisé à monter à bord ?

Servia n'eut pas le temps de répondre, et le visiteur ignora le capitaine avant de dire :

— Je vous expliquerai une autre fois. Pour l'instant, vous devez m'écouter, c'est important, je n'ai que quelques secondes.

Keiko remarqua que le corps du visiteur se faisait de plus en plus translucide. Il commençait à voir à travers lui.

— J'ai un message pour vous, et pour le capitaine, poursuivit l'apparition. Vous devez sans attendre vous rendre à la chute de la Dame Blanche, annonça-t-il en regardant Servia et Keiko. Et vous, capitaine, ajouta-t-il en se tournant vers Darius, vous devez les y conduire.

— Je connais l'endroit, mais...

— Allez à ce rendez-vous, ordonna Viernet, juste avant de disparaître et de laisser les quatre convives sidérés, muets d'étonnement.

❋

— Je vous le répète, je ne suis pas très enclin à suivre les recommandations d'un revenant dont nous ne savons pratiquement rien, dit Darius, irrité. La chute de la Dame Blanche se trouve près de la côte, derrière l'île de Rotana, sur la rivière Du Gong. Cette région même où vous avez échappé de peu à l'attaque de pirates que vous m'avez racontée. Si j'y conduis mon navire, je risque de le perdre et, plus important, je risque la vie de mes hommes.

— Je comprends, dit Servia en poussant un soupir de résignation. Vous avez sûrement raison.

— Et vous dites très peu connaître ce Viernet ? demanda Paolo.

— En effet, répondit Keiko. Il était prisonnier, nous l'avons aidé à fuir et en échange il nous a aidés à combattre un sphinx. Ensuite, il a simplement disparu.

— Un magicien, sans doute, commenta Darius, puis il continua: nous passerons au large de l'archipel demain. C'est vous qui décidez, Majesté, mais je crois qu'il vaut mieux traverser cette région le plus rapidement possible. Nous pourrons faire une escale à Jupecha et demander aux habitants s'ils connaissent ce Viernet.

Servia réfléchit quelques secondes en se mordillant les lèvres, le regard fixé au sol.

— D'accord, dit-elle finalement. Oublions ce que nous a dit Viernet.

❋

Le soleil de l'après-midi frappait fort sur le pont du *Geignard*. Keiko se tenait au côté de Paolo, à la barre du navire. Ils observaient silencieusement la côte de Rotana, qui se profilait à l'ouest. Darius se tenait à bâbord avec Servia, à quelques mètres de là. Eux aussi observaient l'île, alors que *Le Geignard* atteignait sa hauteur.

— Aucune voile en vue, dit le capitaine d'une voix soulagée, les mains posées sur le plat-bord. Vous m'en voyez ravi. Je crains ces pirates et leurs rapides navires.

— Le capitaine Fabio avait dit qu'il demanderait aux autorités qu'on envoie des bateaux afin de déloger les flibustiers de ces lieux, dit Servia, la main droite portée en visière. Peut-être sont-ils déjà venus nettoyer le secteur ?

Darius se contenta de hausser les épaules. Le navire continua d'avancer sur la mer calme. Il se trouvait presque en face de la pointe sud de l'île lorsqu'un cri de la vigie se fit entendre du nid-de-corbeau. Ce n'était toutefois pas pour annoncer qu'un bateau était en vue, comme l'appréhendaient tous ceux qui se trouvaient à bord.

— Capitaine, vague droit devant, hurla-t-il.

— Une vague ? marmonna Darius en sortant une longue-vue de sa poche. Que veut-il dire par là ?

— Même chose à tribord, lança la vigie d'une voix inquiète.

Darius porta la longue-vue à son œil droit et ferma l'autre afin de mieux voir. Son œil s'arrondit de surprise. Servia put lire la peur sur son visage.

— Des vagues tueuses, cria le capitaine. Une devant, vers le sud, et une au large, à tribord. Elles se dirigent vers nous. Barre à bâbord ! Donnez de la voile ! ordonna-t-il. Nous allons tenter de nous cacher derrière l'île de Rotana.

Les matelots se hâtèrent d'obéir aux ordres. Paolo confia la barre à Keiko. Il le pria de maintenir le cap sur la pointe sud de l'île, se fiant à sa force pour tourner rapidement le nez du navire, puis il partit aider ses hommes. Darius s'en alla à tribord, accompagné de Servia. Il fixa le large, le visage tendu.

— Des vagues tueuses ? Qu'est-ce que c'est ? demanda Servia.

— Ça, se contenta de répondre le capitaine, montrant du doigt le large.

Au début, Servia ne remarqua rien de particulier, puis elle distingua une sorte de mouvement à l'horizon.

— En effet, c'est une masse d'eau qui se dirige vers nous, remarqua-t-elle ; mais qu'a-t-elle de tueuse, cette vague ?

— Elle est encore trop loin pour que vous puissiez juger de sa dimension, lui expliqua Darius. Ce sont de véritables murs d'eau qui atteignent parfois plus de vingt mètres de haut. Personne ne sait d'où elles proviennent. Certains affirment qu'elles sont envoyées par Ferrol lui-même. Elles sont très rares. Je n'ai jamais entendu parler de deux manifestations convergeant vers un même point. Si l'une d'elles nous atteint avant que nous puissions nous mettre à l'abri, c'est la fin du *Geignard* et de ceux qui se trouvent à son bord.

— Quelles sont nos chances de rejoindre Rotana avant que ces vagues nous atteignent ? demanda la jeune fille.

Le capitaine observa les masses qui se dirigeaient vers eux, puis il se retourna afin de considérer la distance qui les séparait de Rotana. Il fronça les sourcils.

— Nulles, répondit-il finalement.

Keiko poussait de toutes ses forces sur la barre afin d'orienter le bateau en direction de la côte. Au prix de quelques efforts, il parvint à aligner la proue avec la pointe sud de l'île, comme le lui avait demandé Paolo. Il vit les marins courir en tous sens, les traits figés par la peur.

— Nous n'y arriverons jamais à temps, disaient-ils. Elles arrivent trop rapidement.

Lorsque le jeune garçon regarda de nouveau la côte, il remarqua que des sillons se formaient sur la mer calme entre l'île et *Le Geignard*.

Darius ne donnait plus d'ordres à ses hommes. Il savait qu'il n'y avait plus rien à faire. Le navire ne pouvait se déplacer plus rapidement et les murs d'eau se rapprochaient à une vitesse phénoménale. Il n'avait jamais été très pieux, mais en raison des circonstances, il pensa qu'une prière était appropriée. Il regarda Servia et lui sourit tristement.

— Je suis désolé de ne pas pouvoir vous conduire à bon port, Majesté.

Sans attendre de réponse, il se tourna vers son équipage.

— Messieurs, nous avons fait ce que nous avons pu. Il ne nous reste plus qu'à prier Ferrol et à implorer sa clémence.

Les hommes savaient bien que la mort volait sur les ailes des vagues tueuses et qu'elle viendrait dans quelques minutes récolter leurs âmes. Étrangement, il n'y eut pas de panique. Les marins semblaient résolus. Que pouvaient-ils faire d'autre devant une telle force ? Ils s'agenouillèrent donc et commencèrent à prier le dieu des eaux en silence.

Seuls Servia et Keiko ne priaient pas. La jeune fille observait les marins, consternée. Elle aurait bien prié avec les marins, mais on ne lui avait jamais montré comment s'adresser à un dieu. Elle considéra son ami. Keiko, qui était toujours à la barre, regardait vers l'avant, les sourcils froncés. Il tentait de se faire une idée de ce qu'il voyait. Les sillons, devant le navire, semblaient se multiplier. Il sursauta en voyant une créature marine sauter hors de l'eau, immédiatement imitée par ses semblables.

— Des dauphins ! cria Servia qui avait suivi le regard de son ami.

Des centaines de dauphins nageaient vers *Le Geignard* en bondissant hors de l'eau. Ils arrivèrent bientôt à la hauteur du navire, fendant les flots, comme des flèches argentées.

— Les créatures de Ferrol, dit Darius avec déférence. Les dauphins sont les créatures préférées du dieu des eaux.

Tous observèrent les mammifères marins qui les dépassaient et qui poursuivaient leur route. Leur groupe se scinda en deux. Le premier banc se dirigea vers le large, dans la direction de la première masse d'eau, alors que le second fonçait vers le sud, en direction de l'autre. Ils ne nagèrent pas longtemps avant de les atteindre. La mer s'élevait bien au-dessus du mât du *Geignard.* Les dauphins semblaient grimper le mur d'eau, et bientôt, ils bondirent à leur sommet puis replongèrent. Les vagues tueuses perdirent de l'amplitude à mesure que les dauphins replongeaient à leur crête, comme s'ils les écrasaient.

Quelques instants plus tard, lorsque les ondes marines atteignirent le bateau marchand, elles avaient repris une taille normale. Elles soulevèrent *Le Geignard* de quelques mètres, mais le navire tangua sans problème, avant de fendre l'eau.

— Ainsi, il reste donc un peu de la magie de Ferrol dans ces créatures, murmura Darius d'une voix chevrotante où se mêlaient la peur et l'émerveillement.

X

UN NOUVEL ORDRE

Lorsque le fond de la grande barque racla le sable de la plage, Darius osa, pour la première fois, se retourner et observer *Le Geignard* qui mouillait en eau plus profonde. De loin, le mât, privé de toute voilure, lui donnait l'impression d'être le squelette de son navire. Le capitaine ordonna à ses six rameurs de tirer l'embarcation jusqu'à la plage. Il était encore contrarié que Servia les ait obligés à mettre Brega dans la chaloupe, afin que l'âne les accompagne jusqu'à la chute de la Dame Blanche. Ses hommes y étaient parvenus après l'avoir soigneusement attaché et soulevé à l'aide de courroies de cuir. Alors qu'ils ramaient en direction de la plage, l'animal avait failli les faire chavirer à quelques reprises.

— Je préférerais vous accompagner, dit le capitaine lorsqu'ils furent tous débarqués sur la plage de sable fin de la petite anse.

— Je crois que nous devons y aller seuls, répondit Servia.

— Je n'ose pas insister, reprit Darius dans un soupir de résignation. Il est clair, avec ce que nous avons vu, que la volonté de Ferrol doit être respectée.

— Que savez-vous de cet endroit ? demanda Keiko. Est-ce dangereux ?

— Je n'ai jamais entendu parler d'un danger spécifique, répondit le capitaine en haussant les épaules. Il s'agit d'un lieu que certains considèrent comme sacré. On y verrait, dans la chute, la silhouette de la Dame Blanche. Quelques personnes y effectuent des pèlerinages en espérant être guéries ou pour obtenir des réponses à leurs questions. Est-ce réellement un endroit sacré ? Je ne saurais le dire... Il y a plusieurs rumeurs concernant des lieux où les gens affirment avoir aperçu la Dame Blanche et celui-ci en est un parmi tant d'autres. Mais, je n'ai jamais entendu dire que ce lieu était plus sacré que les autres. Vous verrez bien.

Keiko tourna le dos à la mer. La plage n'était pas très grande.

— Allons-y, dit-il en passant l'une des courroies de son sac sur son épaule. J'aperçois un sentier là-bas.

— Nous allons vous attendre ici, dit Darius. Soyez prudents !

— Comme toujours, répondit Servia en lui souriant. À bientôt ! Allez, viens Brega.

L'âne ne se fit pas prier pour avancer, trop content de quitter la mer et le bateau qui l'avaient gardé prisonnier si longtemps.

❋

Le sentier n'était pas large, mais il était facile à suivre. Aucun embranchement ne venait percer la muraille de végétation qui s'élevait de part et d'autre. Keiko avait pris les devants, son bâton à la main lui servant d'appui. Il grimpait le sentier qui s'élevait en pente douce. Il leur fallut plus d'une heure avant d'entendre le bruit de la chute, au loin, ce qui les fit accélérer.

Quelques minutes plus tard, ils débouchèrent dans une clairière. Ils pouvaient distinguer, au loin, l'impressionnante cascade. Keiko estima qu'ils en avaient encore pour une bonne demi-heure avant de parvenir au pied de celle-ci, à une centaine de mètres plus haut.

— Bienvenue, mes amis. Je suis content de vous revoir.

Keiko, qui avait la tête baissée, sursauta et fit un pas en arrière en adoptant une position défensive, son bâton devant lui. Il se détendit quand il vit qu'il s'agissait de Viernet.

— Nous sommes également contents de te revoir, lança Servia, mais tu n'es encore qu'une apparition, je peux voir à travers toi, dit-elle, troublée.

— En effet, répondit-il. Ma grand-mère m'interdit de me rendre sur Arménis. Je suis là pour vous servir de guide pour la dernière partie de votre randonnée.

— Euh... et qui est ta grand-mère? Tu es sûrement un magicien pour disparaître et apparaître ainsi à ton gré, observa Keiko.

— Non, répondit Viernet en riant. Je ne suis pas un magicien.

— Lors de notre combat contre Céracol, tu semblais en fâcheuse posture. Serais-tu mort à ce moment-là, es-tu un revenant, un fantôme? poursuivit le jeune garçon.

— Non, répondit Viernet, pas exactement. Il y a certaines choses dont je n'ai pas le droit de vous entretenir et les circonstances entourant notre première rencontre en font partie. Par contre, je peux vous parler de ce qui vous attend à la chute. Que diriez-vous de discuter en chemin? On nous attend déjà là-bas.

— Qui nous attend? demanda Servia en suivant Viernet qui semblait glisser sur le sentier.

Viernet se contenta de sourire.

— Personne de dangereux, je peux vous l'affirmer. Je suis là pour vous guider, mais aussi pour m'assurer que vous arriverez au point de rendez-vous sans encombre.

— Comment feras-tu pour intervenir en cas de problème si tu n'es pas physiquement présent ? demanda Keiko, toujours aussi pragmatique.

— Je trouverai bien, répondit Viernet en souriant de plus belle, l'air énigmatique. Vous avez été conviés à une rencontre exceptionnelle, vous savez. Vous serez parmi les premiers humains à pouvoir parler à la Dame Blanche.

— La Dame Blanche ? C'est le nom de la chute… elle est réelle ? demanda Servia.

Viernet, incrédule, regarda tour à tour Servia et Keiko.

— Vous êtes sérieux ? Vous ne savez pas qui est la Dame Blanche ?

— Non, avoua Keiko en haussant les épaules.

Viernet éclata de rire, le visage levé vers le ciel.

— Vous devez être les seules personnes sur Arménis à ne pas savoir de qui il s'agit. Vous êtes privilégiés, la dame veut vous demander de lui rendre un service. Étant donné que vous ne la connaissez pas, je lui laisserai le soin de vous expliquer qui elle est.

— Et elle nous connaît ? s'étonna Keiko. Elle sait qui nous sommes ?

— Oh oui ! Elle suit vos aventures depuis un bon moment déjà.

Keiko et Servia se regardèrent, les sourcils froncés.

Après une courte marche, ils arrivèrent au pied de la chute. Le grondement était assourdissant, alors que des trombes d'eau s'abattaient dans un bassin d'eau claire. Un rideau de gouttelettes s'élevait au-dessus du bassin.

— Nous y sommes, dit Viernet.

— Tu nous avais dit qu'on nous attendait, mais l'endroit est désert, déclara Servia.

Viernet montra la chute du doigt. Les jeunes gens comprirent d'où venait le nom de l'endroit. Dans sa chute, à travers les saillies et les rochers, l'eau adoptait vaguement la forme gigantesque d'une femme. Avec un peu d'imagination, on pouvait distinguer sa tête, son buste et ses hanches. Keiko se gratta la tête, cherchant à comprendre. C'est alors qu'ils distinguèrent des éclats de lumières blanches, à l'endroit même où devraient se trouver les yeux de la silhouette qui mesurait une dizaine de mètres. L'apparence se précisa, et les lueurs s'intensifièrent. Soudain, deux yeux bien distincts apparurent et se fixèrent dans ceux des voyageurs.

Servia recula d'un pas, éprouvant une certaine crainte face à cette apparition titanesque. L'eau de la chute donnait l'impression qu'un vent remuait les cheveux de la femme.

— Bonjour à vous, dit une voix provenant de la chute.

Les mots de la Dame Blanche éclipsèrent le bruit assourdissant de la cascade. Servia et Keiko semblaient l'entendre de l'intérieur, comme si tout leur corps vibrait. Aphones et totalement tétanisés, ils se contentèrent de hocher la tête en guise de salut.

— Jeunes humains, j'ai une offre à vous soumettre, ajouta la Dame Blanche.

Servia retrouva sa voix, en même temps que son courage.

— Attendez… Pardonnez-moi notre ignorance, mais nous aimerions savoir qui vous êtes. Nous avons entendu parler de vous à quelques reprises, mais personne ne nous a dit qui vous étiez.

La Dame Blanche leva le bras, produisant une fine colonne d'eau qui se détacha du torrent pour venir frapper les deux jeunes gens. Ils firent un pas en arrière, étourdis. Ce n'était pas la puissance de l'eau qui les avait déstabilisés, mais plutôt la peur, puisqu'ils ne comprenaient pas très bien ce qui se passait. En une fraction de seconde, ils surent qui était la créature qui se tenait devant eux. Instruits et conquis, ils se mirent à genoux, la tête basse.

— Qu'attendez-vous de nous, Grande Mère ? demanda Servia.

— Relevez-vous mes enfants et écoutez-moi bien. Je ne veux pas vous imposer un fardeau supplémentaire. Vous êtes entièrement libres de refuser l'offre que je vais vous faire. J'ai été longtemps absente, mais depuis mon retour parmi les dieux, j'ai remarqué que le mal est omniprésent sur Arménis. Aussi, je souhaite que vous m'aidiez à y rétablir un certain équilibre. C'est un défi de taille et je ne m'attends pas à ce que la paix règne dans ce monde en quelques années.

La déesse se tut et les observa. Keiko et Servia eurent l'impression qu'elle les sondait jusqu'au plus profond d'eux-mêmes.

— Voici ce que je souhaite. Je voudrais faire de vous les pierres fondatrices d'un nouvel ordre qui verra à maintenir l'équilibre. Vous aurez à combattre des hommes et des créatures de toutes sortes, des aberrations de la nature. Vous devrez influencer certains décideurs afin qu'ils guident correctement leurs peuples. Je vous donnerai des outils afin de vous aider dans votre tâche. Vous serez à la fois mes mains et ma bouche sur Arménis. Vous devrez également trouver des gens partageant notre vue, afin que notre nouvel ordre soit représenté dans toutes les régions de ce monde.

— Mais, Grande Mère… fit Servia, pourquoi nous ?

— Je sais qui vous êtes. Vos cœurs sont purs. Servia, tu es l'héritière d'un puissant royaume, ton influence sera grande. Tu connais tes origines depuis peu et tu te rends à Ferrolia pour en apprendre davantage sur la question. Suis ton chemin et fais ce que tu jugeras bon. Tu pourras en même temps mener la tâche que je te propose tout en répondant aux devoirs qui vont t'incomber auprès de ton peuple. Sachez aussi que même si vous acceptez de faire partie de l'Ordre, vous pourrez en tout temps le quitter.

Servia venait de se faire confirmer qu'elle était bien l'héritière du royaume de Ferrolia. La jeune fille et Keiko se regardèrent, un peu confus. La déesse sentit leur inconfort.

— Je comprends que c'est une décision importante et que les choix qui s'imposent à vous sont d'une grande gravité. Prenez le temps d'en discuter. Viernet et moi pouvons demeurer avec vous jusqu'à la tombée de la nuit.

Les amis se balancèrent d'un pied à l'autre, hésitants, jusqu'à ce que Keiko prenne la parole.

— Pardonnez-nous, déesse des dieux, et vous aussi, Viernet, nous allons nous retirer quelques instants pour nous consulter.

Viernet sourit et c'est lui qui s'adressa au couple, plutôt que la Dame Blanche.

— Prenez votre temps, dit-il. Et surtout, vous pouvez continuer à me tutoyer. Après tout, n'avons-nous pas combattu un sphinx ensemble?

❋

Servia et Keiko se rapprochèrent de la chute après avoir délibéré de longues minutes.

— Déesse, dit Keiko pour commencer, nous acceptons votre offre et nous en sommes honorés. Toutefois, si la tâche s'avère trop lourde, pourrons-nous retirer de l'Ordre si nous le désirons?

— Vous avez ma parole. Approchez-vous et pénétrez dans le bassin au pied de la chute, dit la Dame Blanche. Votre âne aussi. Y a-t-il un symbole particulier qui vous tient à cœur? Ce symbole représentera l'Ordre que nous mettrons sur pied.

Keiko haussa les épaules avec indifférence, mais Servia se rappela une promesse qu'elle avait faite.

— Je souhaite adopter le symbole de l'épervier en vol, si vous n'y voyez pas d'inconvénient. J'ai dû, jadis, à mon grand désespoir, en abattre un et j'ai alors juré d'adopter un jour cet emblème.

— Qu'il en soit ainsi, dit la déesse, alors que Viernet les guidait dans le bassin jusqu'à ce qu'ils aient de l'eau jusqu'aux cuisses. Il est maintenant temps de vous donner les outils qui vous aideront dans votre tâche.

Un autre filet d'eau se détacha du flot principal et vint s'abattre sur l'âne et eux. Ce dernier s'ébroua.

Servia sentit alors qu'elle avait quelque chose autour de son cou. Elle baissa les yeux et vit une pierre blanche de la même forme que l'un des yeux de la dame, pendant au bout d'une fine chaîne en argent. Le bijou était modeste, délicat et joli. Elle remarqua également, un peu plus haut que sa poitrine, à la gauche du côté de son cœur, la silhouette d'un épervier en vol, tatouée sur sa peau. Keiko, lui, toucha son oreille droite. Elle avait été percée sans qu'il ressente quoi que ce soit. À son lobe était attaché un bijou opalescent, similaire à celui de Servia, mais plus petit. Keiko avait le même tatouage que Servia, mais sur le dessus de la main droite. Quant à Brega, certains poils de sa fesse gauche avaient blanchi ; leur forme dessinant la silhouette de l'épervier.

— Je dois maintenant vous laisser, dit la Dame Blanche. Viernet vous raccompagnera, le temps de vous expliquer en quoi consistent les cadeaux que je vous ai faits. Je vous remercie d'avoir accepté mon offre ; par contre, je dois vous mettre en garde. Votre cœur doit rester pur et vous devez utiliser vos dons à bon escient, sans quoi vous risquez de subir ma colère ou celle d'un autre dieu. Allez et profitez de la vie, ajouta-t-elle, alors qu'un sourire bienveillant semblait se dessiner dans le visage que formait le torrent.

Sur ces paroles, l'eau de la chute reprit son allure normale, et seuls les plus imaginatifs purent, à partir de ce moment, y distinguer la forme d'une femme.

— En route ! s'exclama alors Viernet.

— Alors toi aussi tu es un dieu ? demanda Keiko, toujours curieux.

Viernet se contenta de rire. Tous sortirent de l'eau et lui emboîtèrent le pas.

— La Dame Blanche vous a expliqué de manière succincte ce qu'elle attend de vous. Concrètement, vous devez vous demander par où commencer. Les bijoux que vous avez reçus vous aideront sur ce plan. Si vous ressentez de la chaleur, accompagnée d'un picotement, là où repose votre bijou, vous n'aurez qu'à le plonger dans un récipient plein d'eau, qui deviendra comme une boule de cristal, vous montrant l'objet de votre quête ainsi que le lieu où vous devez intervenir. Vous comprendrez mieux lorsque vous aurez reçu votre première sommation. Selon l'intensité de la chaleur et les picotements que vous sentirez, vous serez en mesure d'identifier l'urgence de l'appel. Le pendentif et la boucle d'oreille ont également d'autres fonctions. Si vous les portez, ils vous permettront de voir dans le noir. Gardez-les en permanence sur vous. Personne ne pourra vous les enlever de force. Vous leur découvrirez peut-être aussi d'autres fonctions au fil du temps, ajouta le dieu de façon énigmatique.

Viernet s'arrêta et se tourna vers les voyageurs.

— La Dame Blanche m'a aussi accordé le pouvoir de modifier vos armes. Déjà, Keiko, le tatouage sur ta main permettra à tes griffes de percer n'importe quelle armure, qu'elle soit naturelle ou non. Donne-moi ton bâton, dit-il en tendant sa main vaporeuse.

Le jeune garçon s'exécuta sans discuter.

Une lueur blanche entoura la main de Viernet et courut le long de l'arme de Keiko.

— Voilà, il est maintenant quasiment indestructible. Au tour de ton arc, Servia.

Viernet passa sa main dessus, jusqu'à ce qu'il rencontre le symbole qui y était gravé, c'est-à-dire deux vagues superposées. Il sourit.

— Ferrol a déjà béni ton arc après votre combat aux abords du portail des ombres. Il en a augmenté la force et la portée. Je vais plutôt prendre l'une de tes flèches.

Servia était abasourdie d'apprendre qu'un dieu avait touché son arme. Elle sortit une flèche qu'elle tendit à Viernet, qui la nimba d'une lumière blanche.

— Tu peux la replacer dans ton carquois. Tes projectiles sont maintenant indestructibles, comme le bâton de Keiko, et ils seront automatiquement remplacés lorsque tu t'en serviras. Tu n'en manqueras jamais et ils seront plus résistants et plus performants qu'aucun autre sur Arménis.

— Merci, dit Servia impressionnée en examinant la flèche, aussitôt imitée par Keiko.

— Ce n'est rien, dit Viernet. Poursuivons notre route maintenant. Le capitaine et son équipage s'inquiètent de votre absence. Ah ! J'oubliais presque ce cher Brega... Lui aussi a reçu quelques cadeaux en récompense de son indéfectible loyauté. Je ne vous dis pas de quoi il s'agit, je vous laisse la surprise de le découvrir. Cet âne est maintenant un animal vraiment unique.

Brega releva la tête, puis il se redressa, droit et fier, et passa devant le groupe afin de le diriger dans le sentier. Servia fronça les sourcils et Keiko se gratta la tête en voyant la réaction du petit âne. Viernet se mit à rire avant de le suivre.

— Venez, dit-il aux jeunes gens qui s'attardaient sur le sentier. Allons présenter au monde les premiers membres de l'Ordre de l'épervier.

XI

FOURBERIE

Des trois qui marchaient sur la route du sud, Brega était le plus heureux de se retrouver sur la terre ferme, et ce, une fois pour toutes. Il trottait parfois devant Servia et Keiko, qui le perdaient temporairement de vue. Ils le retrouvaient à l'occasion broutant les herbes hautes en bordure du chemin ou alors il dépensait son trop-plein d'énergie en galopant dans les champs environnants.

Servia riait aux éclats en observant son âne si heureux. Elle-même était contente de se retrouver en bonne compagnie, à marcher sur une route inconnue. Darius les avait débarqués à la frontière nord du royaume de Ferrolia. Il leur avait dit qu'ils en auraient pour plusieurs jours de marche avant d'atteindre la capitale. Il leur avait également promis de les y retrouver.

— J'y serai en deux jours, avait-il dit avant de les quitter. Je vais tenter de glaner quelques informations sur le roi et le royaume, tout en cherchant des possibilités de commerce. Venez me retrouver au port.

La jeune fille se tourna vers Keiko qui, le nez au vent et les yeux mi-clos, captait les effluves de la mer qui s'étendait sur leur droite, et l'odeur des herbes et des fleurs qui poussaient sur leur gauche.

— L'été tire à sa fin, dit-il. Je le sens dans l'air. Dans un peu plus d'un mois, les feuilles se coloreront avant de se flétrir et de tomber pour l'hiver. Je me demande s'il y a beaucoup de neige dans cette région pendant l'hiver...

— Nous verrons bien si nous sommes encore ici à cette période, répondit Servia. Arrêtons-nous pour la nuit. Nous avons assez marché pour aujourd'hui.

Keiko acquiesça d'un léger grognement et entreprit d'amasser un peu de bois pour le feu. Ils passèrent près d'une heure à s'entraîner avec leurs bâtons de marche, avant de s'installer et de manger en silence en observant le soleil rougeoyant qui s'abîmait lentement dans la mer. Quelques oiseaux marins semblaient souhaiter bonne nuit à l'astre diurne en poussant des cris stridents. Quand la noirceur s'étendit sur la côte et que le bruit des oiseaux fut remplacé par celui des cigales et des grenouilles, ils passèrent quelques minutes à discuter devant leur feu de camp avant de s'endormir, enlacés.

Servia vit quelques maisons d'un village se profiler à l'horizon. Elle estima qu'ils y parviendraient dans une bonne heure. La route était déserte, à part un voyageur qui venait dans leur direction d'un pas rapide. Un peu plus loin derrière lui apparut un nuage de poussière soulevé par des chevaux au galop. L'homme, qui se trouvait à une centaine de mètres du couple, poussa un cri lorsqu'il aperçut les bêtes et se mit à courir. Il n'était plus très loin d'eux lorsque les cavaliers le rattrapèrent. Ils mirent pied à terre pour se ruer aussitôt sur lui. Deux d'entre eux, vêtus sobrement, avaient l'air d'être des hommes d'armes expérimentés tandis que le troisième, dans la cinquantaine, richement vêtu, semblait être leur chef. Il portait des bottes noires, impeccables, qui lui montaient jusqu'aux genoux, un pantalon noir moulant et une chemise blanche couverte d'une cape écarlate. Ses hommes retinrent le fuyard en lui tenant chacun un bras. Leur chef s'avança vers eux tout en enlevant ses gants.

Il gifla le fuyard si violemment que ses genoux fléchirent. Il serait tombé au sol s'il n'avait pas été retenu.

— Que faites-vous là ? cria Keiko en se dirigeant vers eux. Pourquoi frappez-vous cet homme ?

Servia banda son arc et attendit la suite. Elle avait bien vu, comme son ami, que celui qui était violenté n'était plus tout jeune et n'avait rien de menaçant. Il portait des vêtements défraîchis et un chapeau aux larges bords, qui avait sûrement vu maintes journées de pluie et de soleil.

— Mêlez-vous de vos affaires, paysans, et passez votre chemin, lança le chef sans les regarder.

Il frappa le vieillard d'un coup de poing au ventre avant de continuer.

— Cette loque humaine a osé parler contre moi et il doit être puni.

Il sortit un couteau passé à sa ceinture, et d'un coup, taillada le visage du pauvre homme qui cria de douleur.

— Ça suffit ! lança Keiko de plus en plus en colère. Personne ne mérite un tel châtiment pour quelques mots mal placés. Vous a-t-il fait du tort d'une autre façon ?

— Êtes-vous juge ? J'en doute à voir votre mise, rétorqua le chef, qui afficha une moue de mépris en regardant Keiko.

Les trois assaillants retournèrent à leur victime. Keiko jeta un regard vers Servia et secoua la tête, lui signalant de ne pas intervenir. Il croyait qu'il parviendrait à les maîtriser sans son aide et sans effusion de sang.

Ceux qui retenaient le vieillard lui tournaient le dos. Ils n'eurent pas le temps de réagir avant que le bâton de Keiko les assomme. Le jeune garçon ne vit pas leur chef planter son couteau dans la poitrine de la victime qui s'écroula au sol, les mains sur sa blessure.

— Lâchez ce couteau, ordonna Keiko au bourgeois.

— D'accord, d'accord, mais ne me frappez pas, dit-il en laissant tomber son arme.

— Que je ne vous vois plus malmener ce pauvre hère ! Ce n'est pas parce que vous êtes riche que vous avez droit de vie ou de mort sur les autres. Vos gardes ne sont qu'assommés. Réveillez-les et partez ! J'espère que vous retiendrez la leçon. Si j'apprends que vous avez recommencé, je vous rendrai visite et je ne serai pas aussi gentil.

— Je vous jure que je ne recommencerai pas, dit son interlocuteur qui conservait étrangement son calme tout en dévisageant avec intérêt Servia demeurée à distance.

Keiko poussa un grognement avant de se pencher vers le voyageur, toujours au sol. Il avait rendu l'âme. Le coup de couteau lui avait été fatal.

— Il est mort, s'écria Keiko, consterné, en se tournant vers Servia.

Cette dernière vit un sourire mauvais se dessiner sur les lèvres du bourgeois. Elle comprit trop tard. Il tenait à la main une seconde dague qu'il planta dans le cou de Keiko. Le jeune garçon poussa un cri avant de s'effondrer par-dessus le vieillard.

Servia décocha une flèche qui transperça le torse du chef. Il fut projeté deux mètres plus loin par la force de l'impact. Diverses émotions assaillirent alors la jeune fille. Elle éprouva tout d'abord de la colère en raison de la fourberie de l'étranger, en plus de craindre pour la vie de Keiko, et aussi de la tristesse pour celui qui était mort.

Elle s'élança vers Keiko, qui tentait vainement de retenir le flot de sang qui s'échappait de sa blessure. Le sang giclait par jets, ce qui était de mauvais augure ; une artère semblait touchée. Servia enleva sa chemise, se souciant peu de montrer sa poitrine dénudée, et compressa la plaie.

— C'est grave, dit-elle à Keiko. Transforme-toi en ours… Tu pourras guérir cette blessure…

Keiko tenta sans succès d'y parvenir, alors qu'il voyait le ciel s'assombrir. Étrangement, il songea qu'il y avait plusieurs jours que des nuages menaçants n'avaient pas obscurci le ciel. En fait, le ciel était toujours aussi bleu, mais lui, y voyait la mort qui venait le chercher. La pression qu'exerçait Servia sur la plaie ne suffisait pas. Des larmes coulèrent sur ses joues.

— Keiko ! Transforme-toi, l'implora-t-elle.

Le jeune garçon ferma les yeux, il entendait une voix au loin. C'était celle de quelqu'un qu'il aimait, mais il était tellement bien, comme s'il était couché dans un lit moelleux, qu'il n'y prêta pas attention.

« Je vais me reposer un peu », pensa-t-il avant de sombrer dans l'inconscience.

— Keiko, nonnn… Réveille-toi ! Keiko, reste avec moi je t'en supplie, répétait Servia en sanglotant.

Une ombre se dessina à ses côtés. Elle sursauta, craignant que sa flèche ne soit pas venue à bout de l'assassin et qu'il s'apprêtât à lui régler son compte à son tour, lorsqu'elle aperçut le museau de Brega s'approcher et sentir Keiko. Apparemment, l'âne comprenait que quelque chose n'allait pas.

— Recule-toi Brega, dit Servia entre ses sanglots.

Mais l'âne ne tint pas compte de l'ordre de sa maîtresse. Au contraire, d'un coup de tête, il repoussa les mains de Servia qui demeuraient toujours sur la blessure et posa son museau sur la plaie. Son souffle souleva les cheveux en bataille de Keiko. Le sang cessa de couler et Servia eut l'impression que son ami venait de mourir. Elle fut estomaquée quand elle vit la blessure se refermer, alors qu'il respirait profondément. Elle regarda Brega. Ce dernier vint poser son museau contre la joue de Servia, comme pour s'excuser de l'avoir repoussée ou peut-être pour la réconforter, elle n'aurait su le dire. Il se retourna et s'en alla plus loin, s'attaquant aux herbes qui poussaient le long de la route, comme s'il n'avait pas mangé depuis des semaines. Servia remarqua alors les poils blancs sur sa fesse, en forme d'épervier, et elle comprit. La Dame Blanche lui avait donné des pouvoirs de guérison. Elle sourit et se pencha de nouveau vers Keiko qui dormait profondément. Sa blessure avait encore un aspect inquiétant, mais les chairs s'étaient ressoudées. Elle plaça son sac à dos sous la tête de son ami, puis elle déplaça le corps du vieil homme, et enfin celui du fourbe, qu'elle laissa sur le côté de la route. Elle n'eut pas à se préoccuper des gardes, ceux-ci s'étaient éveillés entre-temps et avaient fui. Elle alla remercier son âne en le caressant et se rassit à côté de Keiko, attendant patiemment son réveil.

— Je ne sais pas si vous m'entendez, dit-elle à l'attention de la Dame Blanche, mais merci pour ce précieux don que vous avez accordé à Brega. Sans vous, j'aurais perdu mon ami.

Elle regarda Keiko avec tendresse.

— Non, pas mon ami, mon amour, précisa-t-elle en essuyant une larme.

XII

LA PRINCESSE DE FERROLIA

Lucius avait de la difficulté à empêcher ses vieilles mains de trembler, alors qu'il se rendait à l'une de ses réunions secrètes. Cette fois-ci, ce n'était pas le froid qui causait ses tremblements, mais plutôt son état d'excitation. C'est lui qui avait, pour la première fois, convoqué les autres membres du Conseil, car il y avait urgence. Il marchait rapidement vers le temple de Ferrol, suivi d'une silhouette, tous deux aussi silencieux qu'une tombe. Ils arrivèrent bientôt à la porte latérale, à l'abri des regards indiscrets. Celle-ci reliait le port, en bas de la falaise, au château érigé à l'extrémité du promontoire rocheux. Lucius frappa en respectant le code établi. Il fallut moins de deux minutes avant que la porte glisse silencieusement sur ses gonds et que la tête d'un jeune prêtre apparaisse dans l'embrasure.

— Bonsoir, dit Lucius.

Contrairement à d'habitude, la jeune personne ne dégagea pas la porte pour le laisser passer. Il regarda, d'un air suspicieux, l'inconnu qui se tenait derrière Lucius.

— Je ne peux pas vous laisser entrer. Revenez demain, seul, et le grand prêtre vous recevra.

Lucius comprit pourquoi le jeune homme était réticent. Il se présentait à un rendez-vous secret accompagné d'une autre personne. Il n'avait pas eu le loisir d'avertir le grand prêtre, qui aurait ainsi pu donner des directives au portier. Mais son « invité » était arrivé à brûle-pourpoint.

— Je sais que le visiteur qui m'accompagne n'a pas été annoncé, mais je vous demande de nous laisser entrer. Je me porte garant… C'est très important, ajouta Lucius.

— Désolé, répliqua le novice en commençant à refermer la porte, je ne peux rien pour vous.

— S'il vous plaît, attendez, reprit le vieux conseiller du roi en posant sa main sur la porte. Allez chercher votre supérieur.

— Dites-moi quel est le but de sa visite alors et je lui en ferai part ?

Lucius hésita.

— Je ne peux pas en parler ici. Faites ce que je vous dis, allez le chercher et qu'il vienne juger de la pertinence de la présence de cet inconnu. Mentionnez-lui seulement le nom de Miranda, ajouta-t-il à voix basse.

Le religieux hésita un instant:

— Très bien, attendez ici.

Il referma la porte et la verrouilla. À peine quelques minutes plus tard, la porte s'ouvrait sur le grand prêtre lui-même, qui fit entrer Lucius et son invité.

— Je m'excuse, déclara Lucius, j'aurais dû…

— Il n'y a pas de raison, l'interrompit celui qui menait la destinée du culte de Ferrol. J'ai totalement confiance en votre jugement. J'espère que vous ne nous tiendrez pas rigueur de cet accueil. Vous savez que nous devons nous montrer vigilants. J'ai donné des ordres très stricts.

Le trio arriva dans la pièce où se tenaient invariablement leurs réunions et rejoignit les autres membres. Tous étaient là, à l'exception de la baronne Savanna, qui arriva presque sur leurs talons. Contrairement aux autres réunions, ce fut Lucius qui prit d'abord la parole.

— Mes amis, je me suis permis de vous convoquer d'urgence, car je viens d'apprendre une nouvelle qui m'a bouleversé.

— Le roi est-il revenu de son périple au nord de la capitale ? demanda le grand prêtre avant que le conseiller s'explique.

— Non, pas de nouvelles du roi, dit Lucius. Laissez-moi plutôt vous présenter mon invité. C'est lui qui est venu m'apprendre une importante nouvelle qui valait la convocation de cette réunion. Voici Darius, un marin originaire de Ferrolia, qui a quitté le royaume il y a plusieurs années. Il est maintenant capitaine d'un navire nommé *Le Geignard*. S'il vous plaît, Darius, veuillez leur répéter ce que vous m'avez dit.

Le capitaine regarda attentivement ceux qui se trouvaient là avant de lancer sans préambule:

— Miranda, fille du roi Hatios et de la reine Dalia, l'héritière du trône disparue depuis son enfance, est toujours en vie.

Des murmures d'étonnement se firent entendre autour de la table.

— Que nous racontez-vous là ? s'exclama un des membres.

— J'arrive de Janaéra, au nord, où j'ai fait sa rencontre. J'ai connu le garde Torkil, qui n'a pas enlevé la princesse, comme le prônait le roi. Il l'a plutôt sauvée et il l'a élevée dans une ferme, près de Sangbouc. Il lui a demandé de me retrouver, sachant que par moi elle apprendrait qui elle est réellement. Elle ignorait tout de son ascendance, jusqu'à ce que je lui apprenne.

— L'héritière serait donc vivante, dit Savanna, les yeux ronds de surprise.

— Et comment pouvez-vous être certain qu'il s'agit bien de Miranda, fille d'Hatios ? demanda le grand prêtre de Ferrol, sans se laisser démonter par la nouvelle. Je suppose que bien des jeunes filles pourraient vouloir se faire passer pour la princesse disparue depuis des années ! Comment savoir ?

Darius sourit.

— Parce qu'elle est le portrait craché de sa mère ! De plus, elle a en sa possession une bague ayant appartenu à la reine.

— Et d'où connaissiez-vous Torkil ?

— Je me rends compte que j'ai commencé l'histoire par la fin, dit le capitaine. Permettez-moi de revenir plusieurs années auparavant, lors de cette nuit fatidique où Miranda a disparu et où la reine est morte. Comme vous vous en doutez sûrement, l'histoire que je vais vous raconter diffère passablement de la version officielle.

Darius prit une grande inspiration, puis il se lança dans le récit que lui avait relaté Torkil, alors qu'il était monté à bord du *Geignard* avec l'enfant et sa nourrice Bernadette. Il raconta comment le garde et lui étaient devenus amis, puis il relata l'épisode de l'attaque du kraken, qui tua Bernadette, laquelle donna les bagues de la reine au soldat en lui faisant promettre de prendre soin de l'enfant. Il fit également le récit du vaillant combat de Torkil pour repousser le monstre marin. Il termina son récit en précisant qu'ils avaient laissé le garde fugitif et le bébé à Sangbouc et qu'il n'en avait jamais plus entendu parler jusqu'à l'arrivée de Miranda sur le navire, il y a peu de temps.

— Et où est Torkil ? demanda encore le prêtre. Pourrait-il témoigner de l'identité de la jeune fille ?

Darius secoua la tête avec tristesse.

— Malheureusement, Torkil est décédé.

— Donc, la princesse Miranda est à bord de votre navire, dans le port de Ferrolia ? questionna le noble Joshua, surexcité.

— Non, répondit le capitaine. À sa demande, nous l'avons débarquée avec son compagnon de route à la frontière nord du royaume. Elle tenait à se rendre à pied à la capitale.

— Quoi, vous l'avez laissée seule, sans protection ? s'écria Lucius.

Darius lui adressa un sourire en coin.

— Elle n'est pas seule, Keiko l'accompagne. Pour ce qui est de la protection, je vous jure que ces jeunes gens savent se défendre, j'en ai été témoin.

— Est-ce bien prudent ? critiqua le scribe Mélénil. Vous auriez dû laisser quelques hommes avec eux.

Darius reprit son sérieux.

— Si la princesse a hérité des traits de sa mère, elle possède plutôt le caractère de son père pour ce qui est de l'entêtement. Quand elle a décidé quelque chose, il est impossible de lui faire changer d'idée, croyez-moi.

— Ainsi, elle a du caractère, la petite, commenta le grand prêtre en souriant. C'est bien, elle ne deviendra jamais la marionnette de personne si jamais elle accède au trône.

— Elle ressemble aussi à son père, dites-vous ? Faut-il s'en inquiéter ? demanda Lucius.

Le capitaine du *Geignard* l'arrêta en levant une main, car il voyait où le conseiller voulait en venir.

— Comprenez-moi bien, elle a certes, la tête dure, mais elle possède le cœur de sa mère. Je sais juger les gens, aussi je la crois attentionnée, bonne, franche et réfléchie. Selon moi, si je me fie à ce que j'ai vu, vous n'avez pas à craindre qu'elle suive les traces de son père et qu'elle sombre dans la tyrannie.

— Nous verrons bien, ajouta la baronne Savanna. Vous comprendrez que nous devons demeurer prudents. Il va de soi que nous devons la rencontrer en premier lieu. Si ce que vous dites est vrai, il faut préparer le terrain pour son arrivée. Il ne faut pas que le roi apprenne cette nouvelle, il tenterait certainement de la tuer.

— D'après vous, capitaine, serait-elle prête à prendre la place de son père ? émit Joshua.

— J'ignore si elle en a la volonté, répondit Darius avec franchise en se passant une main sur la nuque. Elle-même n'est pas encore convaincue qu'elle est l'héritière de Ferrolia. Elle a été élevée dans la simplicité des gens de la campagne et ne connaît rien des tâches inhérentes au rôle de monarque. Même si elle décidait d'accepter la couronne, il faudrait du temps pour lui enseigner tout ce qu'elle a besoin de savoir. Mais en dehors de ces éléments, je pense qu'elle a la stature pour endosser ce rôle.

— Lorsqu'elle sera ici, je propose de taire son identité et de la garder cachée quelque part, proposa Lucius. Alors, je commencerai sa formation si elle le désire, évidemment.

Le Conseil s'accorda sur ce point.

— Le problème est qu'il faut savoir à quel moment elle arrivera dans la capitale. Où est-elle en ce moment ? s'enquit le chef spirituel de Ferrolia.

— Je lui ai demandé de venir me rejoindre au port à son arrivée, spécifia Darius. Je devais d'abord tâter le terrain avant de vous la présenter.

— Nous vous remercions infiniment de nous avoir transmis cette excellente nouvelle, capitaine, dit Ulbar, en lui adressant un sourire. Mes amis, pour la première fois depuis plusieurs années, je vois la lumière au bout du tunnel. Si cette jeune fille est réellement l'héritière de Ferrolia, les habitants de ce royaume connaîtront de meilleurs jours. J'ai hâte de la rencontrer.

XIII

COMME UNE ODEUR DE SANG

À Tarsa, capitale du royaume de Brandan, la reine guerrière Célias convoqua ses conseillères.

— Où en sommes-nous avec la mobilisation de l'armée ? demanda-t-elle à Beretta, la doyenne du groupe.

— Si vous nous donnez encore quelques semaines, plusieurs troupes du sud pourront nous rejoindre. Elles gonfleront substantiellement nos rangs. Nous pourrions alors quitter Tarsa et marcher vers Ferrolia avec cinq mille soldats, dont trois cents cavaliers et deux mille esclaves pour nous accompagner.

— Très bien, reconnut la reine. Bon travail, Beretta. Kyla, avons-nous assez de vivres pour nourrir plus de sept mille bouches ?

La jeune Vierge de fer jeta un coup d'œil rapide à son amante avant de répondre.

— Ce ne sera pas facile. Nous aurons de la difficulté à nous réapprovisionner en route. Les terres libres ne comptent aucune agglomération d'importance que nous pourrions piller ; aller à la chasse pour nourrir une telle armée prendrait beaucoup trop de temps. Il nous faut donc compter sur les vivres que nous apporterons, tant que nous n'aurons pas atteint le territoire ennemi. Une fois là-bas, nous pourrons piller les villes et les villages que nous rencontrerons sur notre route.

— Si nous nous mettons en marche dans douze jours, pourras-tu y arriver ? demanda la reine avec impatience.

— Oui, ma reine, mais nous devrons nous rationner.

— Bien, il faut faire des sacrifices en temps de guerre. Passez donc le mot, nous marcherons sur Ferrolia dans moins de deux semaines. Si tout se passe comme prévu, nous traverserons la frontière ennemie une vingtaine de jours après notre départ.

— Il reste la question des shamans, Majesté, ajouta Beretta. Je n'ai pas pu savoir combien d'entre eux se joindront à nous. Ils m'ont semblé assez froids à l'idée d'attaquer le royaume des fidèles de Ferrol.

— J'en fais mon affaire, répondit la reine. Je verrai personnellement à ce qu'au moins une douzaine d'entre eux soient du voyage. Il en demeurera autant à Tarsa pour protéger la ville.

La reine congédia ses conseillères et demeura pensive. Elle anticipait déjà une victoire retentissante sur le peuple de Ferrol. Elle se voyait revenir à Tarsa avec de l'or, du bétail et de la nourriture en quantité suffisante pour tenir jusqu'aux prochaines récoltes. Elle avait une confiance totale en son armée, rompue aux tactiques de guerre, alors qu'elle savait pertinemment que Ferrolia vivait en paix depuis trop longtemps et donc qu'un certain relâchement devait régner chez les militaires.

— Leur roi n'aura même pas le temps de se demander ce qui se passe que nous serons déjà au pied des murs de son château, soliloqua Célias, les yeux dans le vague.

Il lui tardait de croiser le fer. L'anticipation d'une guerre commençait à l'exciter.

❋

Beaucoup plus au nord, le long de la côte, le bateau tanguait comme un bouchon de liège, dans la petite baie où il s'apprêtait à jeter l'ancre pour la nuit. Un second navire s'approcha de lui.

Le *Jan II* et *Le Fraticide* étaient bondés d'hommes au teint pâle qui œuvraient avec lassitude à travers les gréements. L'un d'eux s'effondra brusquement. Des marins le mirent, non sans difficulté, à l'écart des autres membres d'équipage. Personne ne se souciait de sa condition. Il était fréquent, depuis quelques jours, de voir des matelots perdre connaissance. En plus de devoir s'astreindre à leur travail harassant, ils fournissaient en sang la bête qui demeurait dans la cale, loin des rayons du soleil.

Le grand maître des prophètes, cette créature cuirassée, criait vengeance. Des humains étaient parvenus pour la première fois à le blesser et un tel crime ne pouvait demeurer impuni. Le vieil humain en charrette l'avait renseigné sur l'identité des fugitifs. Aussitôt, le dirigeant de la secte avait demandé à ses prêtres d'affréter le *Jan II* et *Le Fratricide* afin de se lancer à leur poursuite. Le monstre ne pouvait hanter leurs rêves, comme il le faisait avec les gens de Janaéra et de Danaéra. Peut-être ses ennemis étaient-ils trop loin de lui. La chose jouait gros en se lançant ainsi à la poursuite de Keiko et de Servia, elle risquait de perdre le contrôle des villes du nord. Déjà, depuis plusieurs jours, à cause de la distance trop grande, elle ne parvenait plus à entrer dans l'esprit des gens qu'elle avait assujettis.

Les navires se trouvaient à deux jours du royaume de Ferrolia. Lors de leurs escales, on les avait renseignés sur l'itinéraire du *Geignard*.

Un prophète descendit dans la cale, porteur de sombres nouvelles.

— Maître, dit-il, les yeux écarquillés par la peur. Le capitaine nous annonce qu'un violent orage se dirige vers nous. Nous ne pourrons y échapper. Selon lui, nous risquons fort d'être violemment secoués.

La créature le chassa d'une image mentale, car elle ne pouvait s'exprimer par la parole. Le prophète se hâta de regagner le pont, trop heureux de s'éloigner du maître qui le mettait toujours mal à l'aise. Il avait déjà vu l'un des siens mis en lambeaux parce qu'il n'avait pas correctement exécuté ses ordres.

Un vent violent de l'ouest gonflait la mer. Les navires se distancèrent l'un de l'autre afin d'éviter toute collision dans la tourmente qui s'annonçait. Les marins s'affairaient sur les ponts, autant que leurs forces déclinantes leur permettaient, afin d'arrimer les objets qui risquaient de se déplacer sur la mer démontée. La tempête frappa rapidement et avec violence, ballottant les bateaux comme de simples bouts de bois sur une rivière.

Le *Jan II*, qui n'abritait pas le grand maître, éprouva rapidement de sérieuses difficultés. Pourtant, les matelots ne manquaient pas d'expérience en mer, mais ils réagirent un peu trop tard lorsqu'une énorme vague déferla sur eux. Ils tentèrent de la prendre de face, comme il se devait, mais ils ne parvinrent pas à redresser à temps et le *Jan II* fut frappé de côté. Le vaisseau tangua. Il gîtait fortement sur tribord quand une seconde vague tout aussi imposante vint terminer le travail entrepris par la précédente. Le bateau sombra en un temps record. Plus loin, derrière un mur de pluie, l'équipage du *Fratricide* n'eut jamais conscience de ce qui se passait et ne put prêter secours à son équipage.

Lorsque la tempête se calma enfin, les matelots ne virent que des débris, aucune trace de corps flottant sur la mer. Les noyés remonteraient à la surface dans quelques jours. Un équipage entier venait de disparaître, avec une douzaine de prophètes.

Le capitaine du *Fratricide*, écœuré, vint se plaindre au maître, lui reprochant l'affaiblissement des hommes, ce qui avait causé le naufrage du *Jan II*. Il lui demanda même réparation. Quelques instants plus tard, le navire avait un nouveau capitaine, et le corps sanguinolent du détracteur fut jeté par-dessus bord sans cérémonie. Le grand maître ne voyait pas ce naufrage comme un drame, lui qui estimait bien peu la vie des hommes. Ce qui le contrariait le plus, c'est qu'il avait perdu plus de la moitié de ses effectifs. Il ne restait plus que six de ses fidèles pour se lancer à l'attaque des profanateurs. Jour et nuit, il ne pensait qu'à une chose, faire jaillir le sang des humains qui l'avaient blessé et se repaître de leurs entrailles.

❋

Libra était inquiète. Elle faisait les cent pas dans l'une des nombreuses salles de son domaine. Vanciesse, la demi-elfe, héraut de la déesse, l'observait, attendant ses ordres.

— J'ai convoqué vos frères, comme vous me l'avez demandé, lui rappela-t-elle. Ils devraient être ici sous peu.

Sa maîtresse lui signifia qu'elle avait compris, mais son esprit était ailleurs. Elle craignait que l'affrontement qui allait se produire ne ramène les dieux à la situation qui prévalait avant l'arrivée de la Dame Blanche. La déesse de la justice et de l'ordre avait consulté sa mère à ce sujet, mais cette dernière lui avait dit qu'elle ne s'en mêlerait pas. Elle lui avait affirmé qu'elle devait avoir confiance en ses frères. Et, si un problème survenait, la Dame Blanche était certaine que sa fille interviendrait adéquatement.

La déesse demeurait un peu contrariée par la réponse de sa mère. Elle avait envisagé plusieurs solutions, puis avait décidé de convoquer les parties en cause, afin de connaître leurs intentions.

Les deux frères arrivèrent en même temps, dans un éclair blanc. Poliment, Vanciesse les salua et leur offrit à boire.

— Merci d'avoir répondu si prestement à ma requête, dit Libra qui, d'un geste de la main, invita ses invités à s'asseoir.

— Ton héraut nous a dit que tu désirais nous voir le plus tôt possible, mais elle ne nous a pas dit pourquoi, dit Ignès en s'affalant dans l'un des confortables fauteuils qui entouraient la table basse.

— Nous nous trouvions déjà ensemble, ajouta Ferrol. Je racontais à Ignès comment s'était déroulée la mise sur pied du nouvel ordre que notre mère a formé.

— L'Ordre de l'épervier, c'est bien ça ? dit le dieu du feu en souriant. Je trouve que ça sonne assez bien.

Libra acquiesça d'un signe de la tête.

— Ce n'est toutefois pas de ce sujet que je désirais vous entretenir, dit la déesse qui avait conservé sa mine sérieuse. Vous n'ignorez pas que la situation est explosive sur Arménis.

Les dieux reprirent rapidement leur sérieux.

— Tu parles de l'imminente guerre entre Ferrolia et Brandan ? demanda Ferrol.

De nouveau, Libra hocha la tête.

— C'était écrit dans le ciel que ces grandes nations se feraient un jour la guerre, ajouta Ignès.

— Ce conflit m'inquiète, dit Libra en toute franchise, et je ne suis pas la seule. J'ai entendu certains autres dieux préciser qu'ils étaient mal à l'aise face à cette situation. Je ne passerai pas par quatre chemins. Nous sommes tous inquiets et nous souhaitons connaître vos intentions. Il y a peu de temps, avant l'intervention de mère, vous ne vous adressiez jamais la parole. Nous connaissons tous les raisons du différend qui vous séparaient. Nous ne voudrions pas que vous reveniez à vos anciennes querelles, considérant que les parties que vous chérissez risquent de s'affronter.

Les dieux se jetèrent un coup d'œil. Libra retint son souffle en attendant leur réponse.

— Nous en avons déjà discuté et nous nous sommes mis d'accord, dit finalement Ignès après avoir bu une gorgée de vin de la coupe en or que lui avait donnée Vanciesse. Connaissant la détermination des gens de Brandan et de leur reine guerrière, je serais étonné qu'ils ne parviennent pas jusqu'aux portes du château de Ferrolia. Les affrontements entre mes protégés et ceux de Ferrol sont imminents; pourtant, nous nous sommes entendus pour ne pas intervenir personnellement, comme nous l'a demandé notre mère. Nous allons laisser les humains régler ce conflit entre eux.

Libra regarda Ferrol, attendant une confirmation de sa part.

— Nous ne porterons pas assistance à nos peuples, dit ce dernier en fixant son regard profond comme l'océan sur sa sœur. Nous le jurons sur la tête de notre mère. Et nos prêtres et nos shamans n'auront que leurs pouvoirs habituels.

La déesse de la justice poussa un long soupir de soulagement. Elle avait pleinement confiance en ses frères.

— Vous êtes conscients qu'un des royaumes risque de souffrir davantage que l'autre, voire d'être anéanti par son adversaire. Pourrez-vous résister à la tentation d'intervenir?

— C'est ce que nous nous sommes promis, affirma Ignès. Peu importe qui sera le vainqueur, chacun des peuples souffrira de cette guerre. Je doute de la sagesse de la reine de Brandan; elle a choisi la guerre pour régler les problèmes qui sévissent dans son royaume, comme dans toutes les régions d'Arménis, d'ailleurs. À moins d'un miracle, attendez-vous à voir couler beaucoup de sang.

XIV
PREMIÈRE MISSION

La créature jubilait. Elle venait de repérer l'empreinte mentale des humains qu'elle poursuivait. Même si elle n'avait jamais pénétré leur esprit, elle avait quand même perçu, à leur contact, le schéma de pensées qui caractérise chaque être vivant. Il n'y en avait pas deux pareils. Elle était donc en mesure de savoir qu'ils n'étaient plus très loin.

Les prophètes exigèrent du capitaine qu'il accoste dès qu'il le pourrait. Ils lui annoncèrent qu'ils continueraient leur voyage à pied. Le capitaine ne se fit pas prier, soulagé de se débarrasser de ses passagers. Il les débarqua dans une petite crique, leur donna des vivres, puis il remit en toute hâte les voiles afin de retourner à son port d'attache, celui de Danaéra. Le grand maître, à sa grande surprise, ne lui avait pas demandé de les attendre. Il en fut soulagé.

— Nous sommes plus ou moins à un jour de marche derrière eux, dit l'un des adeptes, en levant un sac lourdement chargé de nourriture. Le maître veut que nous partions sur-le-champ.

Les six ministres du culte qui restaient rejoignirent donc la route, suivis de leur chef suprême. La créature se savait moins rapide que les humains, mais plus endurante, et elle prévoyait de voyager de jour comme de nuit, afin de les rattraper. Tant pis si elle poussait à leurs limites les fidèles qui l'accompagnaient.

❋

Servia et Keiko s'étaient arrêtés dans une petite auberge. L'endroit accueillait les voyageurs, mais servait aussi de point de rencontre aux habitants du petit hameau. On y retrouvait surtout des fermiers et des marchands.

Ils apprirent qu'ils se trouvaient à une longue journée de marche de la capitale. Comme dans tous les lieux où ils s'étaient arrêtés auparavant, Servia entendit les gens se plaindre des temps difficiles et du manque de nourriture. L'aubergiste les informa que les marchands s'arrêtaient de moins en moins dans son établissement et que les habitants des alentours qui y avaient leurs habitudes venaient toujours, mais n'avaient plus d'argent à dépenser. Personne n'osait blâmer directement le roi, par peur de représailles, mais des voix s'élevaient: alors qu'ils peinaient à nourrir leur famille, le souverain avait encore augmenté les taxes. On dénonçait aussi le comportement de certains soldats qui étaient devenus ni plus ni moins des pillards, prenant ce qu'ils voulaient et saccageant le reste, sans se soucier des gens.

Plus personne n'ignorait que s'élever contre les nouvelles politiques ou les exigences du roi signifiait un arrêt de mort.

Les habitants étaient découragés, en colère ou désespérés, sinon les trois à la fois. La jeune fille découvrait en avançant vers la capitale que le portrait du monarque s'avérait fidèle aux dires de Darius, et cela la troublait au plus haut point. Elle ne doutait plus de l'histoire que Thomas avait racontée au capitaine sur cette fameuse nuit où, bébé, on l'avait éloignée de ce roi cruel. Elle prenait en pitié les habitants du royaume. Son père était un tyran, et probablement un meurtrier.

Servia ressentit une drôle de sensation dans la poitrine, un genre de picotement. Elle se gratta et jeta un œil à Keiko en haussant les sourcils: son ami la regardait également, tout en pinçant le lobe de son oreille droite. Leurs yeux s'arrondirent lorsque leurs doigts touchèrent leurs symboles en forme d'œil. La Dame Blanche voulait leur confier une première mission.

Ils payèrent leur repas et montèrent à l'étage où ils avaient réservé une chambre pour la nuit. Certains les suivirent des yeux, le sourire aux lèvres, se méprenant sur le départ rapide du jeune couple vers leur chambre. Servia tourna fébrilement la clé dans la serrure de la porte, puis elle entra précipitamment dans la pièce, Keiko sur les talons. Elle saisit un pot en grès rempli d'eau et s'empressa de la verser dans une bassine mise à leur disposition. Sans tarder, elle y plongea son pendentif tandis que Keiko, lui, y déposait sa boucle d'oreille. Ils se penchèrent au-dessus du récipient et attendirent la suite. De minuscules vagues se formèrent à la surface, comme si on avait soufflé sur le liquide. Une image apparut. Ils distinguèrent la silhouette d'une femme, la même qu'ils avaient vue à la chute: la Dame Blanche. La forme de la déesse fut remplacée par celle de la créature qu'ils avaient combattue au temple des prophètes à Janaéra. Ils distinguèrent autour d'elle une demi-douzaine de prophètes qui avançaient péniblement, chargés comme des mules. Abasourdis, les jeunes gens reconnurent aussitôt le paysage où ils se trouvaient, puisqu'ils étaient passés par là, la veille. Servia et Keiko se regardèrent inquiets. Sans en avoir la confirmation, ils comprenaient qu'on les avait pris en chasse.

Servia se demanda ce qu'attendait d'eux la déesse. Désirait-elle qu'ils tuent le monstre et ses ministres ou qu'ils tentent de lui parler ? Elle obtint une réponse à ses questions lorsque la prochaine image apparut à la surface du récipient. Elle vit la créature terrassée, gisant face contre terre, dans une mare de sang. Un frisson parcourut Servia.

L'image s'estompa après que d'autres petites vagues avaient fait frémir le liquide.

— Nous devons les tuer, dit Keiko, en récupérant son symbole de l'Ordre et en le fixant de nouveau à son oreille.

Servia se contenta de hocher la tête.

— Apparemment, ils nous ont suivis, dit Keiko, et ils ne sont plus très loin.

— Je crois que nous devrions revenir sur nos pas demain matin, dit Servia. Nous pourrons les rejoindre avant qu'ils arrivent à proximité de ce village et leur tendre une embuscade. Ce sera plus discret, personne ne saura et je ne voudrais pas que des innocents soient blessés lors de l'escarmouche.

— Tu as raison, répondit Keiko en passant une main dans ses cheveux ébouriffés. Voyons voir… Nous sommes avantagés par rapport à eux puisque nous savons où les trouver. Je sais que ce n'est pas très chevaleresque comme méthode, mais pourquoi ne pas leur tendre une embuscade en mettant tes talents d'archère à contribution ?

Servia demeura pensive un moment, avant de hocher de nouveau la tête en signe d'assentiment. Keiko ne la connaissait pas si taciturne et il devinait pourquoi. La jeune fille ne se sentait pas à l'aise de tuer ainsi sur demande. Elle avait certainement l'impression de n'être qu'un assassin et cela la troublait. Elle savait bien qu'elle allait agir pour le bien du monde, avec l'aval des dieux ; n'empêche qu'elle détestait cette sensation. Elle se demanda si, au fil des ans, son cœur se durcirait suffisamment. Peut-être finirait-elle par s'habituer à enlever la vie à une autre créature, si méchante et mal intentionnée soit-elle. Elle espérait que ce ne soit jamais le cas.

❋

Servia jeta un coup d'œil autour d'elle afin d'être certaine que personne ne se trouvait dans les environs. Ses yeux rougis chauffaient malgré le ciel couvert de nuages gris. Elle n'avait presque pas dormi de la nuit, son sommeil avait été troublé par des cauchemars où elle était torturée par le grand maître des prophètes. En repensant à ses rêves, elle frémit. Ils semblaient si réels qu'elle ressentait quasiment la douleur des blessures infligées. Elle ferma les yeux et respira profondément pour se calmer. Elle savait bien que ces rêves lui avaient été envoyés par la créature, comme leur avait expliqué l'homme de Janaéra qu'ils avaient sauvé.

La bête approchait lentement de la position que Keiko et elle occupaient, dissimulés derrière de gros rochers, de chaque côté de la route. Servia remarqua que ses mains tremblaient légèrement. Elle comprit tout le désarroi des gens de Janaéra et de Danaéra, qui avaient dû subir de tels assauts psychologiques, nuit après nuit.

Elle observa Keiko, qui se trouvait de l'autre côté. Il avait passé une aussi mauvaise nuit qu'elle. Lorsqu'il avait compris que le monstre était à l'origine de ses effrayants songes, il s'était mis en colère.

Keiko avait adopté sa forme d'ours en prévision du combat. Servia distinguait très bien son immense silhouette qui dépassait de l'endroit où il se tenait. Elle était loin, mais elle devinait les poils blancs en forme d'épervier sur sa grosse patte avant droite, là où la Dame Blanche l'avait touché, lui accordant une force accrue et des griffes plus résistantes que la plus solide des armures. Servia le vit lever le nez dans les airs: il sentait l'ennemi approcher. Ils avaient convenu que Servia frapperait la première. Elle regarda derrière elle et vit Brega qui broutait l'herbe, certainement inconscient du danger qui les guettait. Ignorait-il ce que la Dame Blanche exigeait d'eux et qu'ils se trouvaient devant un grand péril? Servia se surprit à se le demander.

❋

Les prophètes suaient à grosses gouttes, malgré le temps couvert. Leurs provisions se faisaient de moins en moins lourdes à mesure qu'ils les consommaient, mais leur maître leur imposait un tel rythme de marche qu'ils n'avaient pas l'impression que leur fardeau avait été allégé. Il voulait retrouver les infidèles, afin d'en finir, alors qu'eux n'aspiraient qu'à un peu de repos. Ils étaient suffisamment avisés pour ne pas dévoiler leur état d'âme à leur chef. Sa faible tolérance était bien connue de ses adeptes.

Bien des fidèles avaient déserté le temple après le combat avec les jeunes étrangers qui étaient parvenus à blesser celui qu'ils considéraient comme leur dieu, minant du coup leur confiance et semant le doute dans leur esprit. Le grand maître était bien conscient qu'il lui serait encore plus difficile de trouver des recrues pour le servir et pour accomplir ses desseins à la suite de cette attaque. C'est pourquoi il tenait à ramener la tête de Keiko et de Servia, qu'il exhiberait aux portes de son temple.

La créature envisageait d'accorder une brève pause à ses prophètes quand elle capta les empreintes mentales de Keiko et de Servia. Elle s'arrêta, aussitôt imitée par les siens. Le maître savait que ses ennemis se trouvaient tout près, mais ses pouvoirs ne lui permettaient pas de mesurer la distance qui les séparait. Il envoya un message mental à ses ministres pour les informer qu'ils approchaient du but, que les jeunes gens se trouvaient dans les environs. Ces derniers en furent ragaillardis.

Le petit convoi se remit en route après que le grand maître avait demandé à deux de ses hommes de passer devant et de revenir les avertir lorsqu'ils auraient trouvé ceux recherchés. Il ignorait que ses adversaires l'attendaient tapis à une centaine de mètres de là.

❋

Servia et Keiko crurent qu'ils avaient été repérés, lorsque leurs ennemis stoppèrent leur marche. Ils virent ensuite les éclaireurs s'éloigner du groupe, à l'affût.

« Ils se doutent de quelque chose », songea Servia en bandant son arc et en encochant une flèche.

Elle attendit que les deux hommes soient suffisamment près pour ne pas rater sa cible, puis elle laissa partir un premier projectile, qui vint se planter entre les yeux de l'un des exécutants, pénétrant ainsi la boîte crânienne. Même si la flèche n'avait pas transpercé sa tête, il serait tout de même mort sur le coup, puisque la force de l'impact du projectile magique lui avait brisé la nuque.

Le second serviteur de la bête se retourna et lança un avertissement inutile à ses compatriotes qui, à une vingtaine de mètres en arrière, avaient été témoins de la scène. Tous les prophètes saisirent leur épée. Ils avaient été sélectionnés pour leurs habiletés à la manier. Ils se précipitèrent vers leur ennemi, suivis du maître. L'éclaireur qui avait vu l'arc de Servia dépasser du rocher à la gauche de la route s'élança dans cette direction. Il allait le contourner quand sa course fut violemment stoppée par la patte de Keiko qui le frappa à l'épaule et l'envoya rouler dans les herbes où il s'affaissa inconscient. Il ne ressentit rien de la douleur des griffes qui lui avaient lacéré la chair, séparant presque son bras droit du reste de son corps. Keiko vit les blessures de ses petits yeux bruns d'ursidé, et sentit surtout le sang qui s'écoulait. Il sut qu'il ne se relèverait pas. Il restait encore quatre adversaires et le grand maître à mettre hors de combat.

Les opposants se séparèrent en deux groupes afin d'attaquer simultanément. Le maître, un peu en retrait, se dirigea vers Keiko. Il avait averti ses ministres que le jeune garçon avait la faculté de se changer en ours. Il l'avait aperçu au temple. Les disciples ne furent donc pas surpris de se retrouver face à une telle bête. Ils n'avaient toutefois pas imaginé que l'animal serait de cette taille. Une flèche siffla et un autre prophète mourut, le projectile planté en pleine poitrine. La force de l'arc béni par Ferrol le projeta plus d'un mètre en arrière.

Servia laissa tomber son arc, en apercevant un disciple fonçant sur elle. Elle eut à peine le temps de saisir son bâton de marche qu'elle avait pris soin de garder à portée de main et de se placer en position défensive. Elle priait pour que Keiko en finisse rapidement avec les autres au moment où l'homme porta son premier coup, qu'elle parvint difficilement à parer. Il était rapide et savait manier son arme.

Keiko n'attendit pas que ses ennemis soient près de lui. Ses puissantes griffes labourèrent le sol, alors qu'il s'élançait rapidement vers eux. Il bouscula d'un coup d'épaule le premier qu'il croisa, le projetant par terre. Ce dernier parvint néanmoins à atteindre le cou de l'ours de sa lame, mais il ne s'agissait que d'une simple éraflure. Keiko bondit sur celui qui suivait. Il le renversa et planta ses dents dans sa gorge. D'un puissant coup de gueule, il lui arracha la trachée, puis il le laissa agonisant au sol, alors que la créature approchait. Keiko se dressa sur ses pattes arrière et lança un cri de défi à son adversaire, qui le dépassait de plusieurs centimètres.

Le choc de leur rencontre fit trembler le sol. De la fourrure vola au vent, tout comme des bouts de la carapace naturelle du monstre. Keiko lui mordit l'avant-bras, mais il eut beau serrer, ses crocs ne percèrent pas son épaisse peau. La chose répliqua en visant la tête. Heureusement, l'ours parvint à esquiver partiellement le coup. Keiko était sonné et vit des lumières danser devant ses yeux. Il secoua la tête et reprit aussitôt ses esprits.

Leur combat se poursuivit pendant de longues minutes. Les opposants s'infligeaient de sérieuses blessures. Ce que Keiko concédait en force, il le gagnait en vitesse. Il possédait deux atouts, dont il devait tirer parti s'il espérait gagner ce combat: sa vitesse et sa patte droite, avec laquelle il parvenait à blesser son adversaire. Il recula de quelques pas, feignant une retraite, mais la créature ne tomba pas dans le panneau et s'élança sur lui. Keiko s'efforça de faire fi de ses blessures, qui le faisaient intensément souffrir, et se propulsa vers son ennemi tout en se dressant sur ses pattes arrière, mais l'autre bloqua son attaque. À la dernière seconde, Keiko le frappa et eut la satisfaction de voir ses griffes pénétrer dans le cou de son opposant. Il vit les quatre yeux sans pupille de celui-ci s'arrondir de surprise. Il donna un violent coup de côté, espérant que cela suffirait à l'achever. La bête s'écroula au sol en gémissant de douleur. Keiko haletait. Ce dernier effort lui avait demandé toute l'énergie qu'il lui restait. Consterné, il la vit se redresser lentement et se diriger de nouveau vers lui en titubant. Keiko serra les dents et se prépara à vendre chèrement sa peau, lorsqu'il entendit le sifflement d'une flèche: le projectile venait de pénétrer de quelques centimètres la tête de la créature, qui s'effondra pour la seconde fois. Keiko remarqua qu'elle respirait encore. Il s'avança près d'elle et planta ses griffes dans sa poitrine, espérant transpercer son cœur. Apparemment, elle possédait une anatomie assez similaire à celle des humains, car cette blessure l'acheva. Ses deux paires d'yeux perdirent leur éclat de vie.

Keiko se tourna vers Servia. Il la vit, assise au sol, avec une blessure à la cuisse qui saignait abondamment. Elle était quand même parvenue à décocher avec précision. Elle ne regarda pas son ami. Elle posa plutôt son arc au sol et retira son couteau de sa ceinture. À ses pieds, un homme gémissait. Keiko ne sut pas si Servia grimaçait à cause de la douleur ou à cause du geste qu'elle s'apprêtait à faire, mais de sa lame, elle acheva le prophète. Keiko se souvint alors de l'autre, qu'il avait bousculé au passage. Il ne l'avait certainement pas tué en l'envoyant au sol. Il se retourna et le vit, inerte, une flèche plantée dans le bas du dos, à la hauteur des reins. Les projectiles de Servia semblaient immanquablement atteindre les parties vitales de l'adversaire. Il se demanda si c'était de la chance ou si Servia était particulièrement douée.

Servia venait ainsi d'éliminer le dernier prophète de la bête. Keiko se traîna péniblement jusqu'à elle. Il voyait sa poitrine qui se soulevait rapidement, alors qu'elle tentait de reprendre son souffle. Il fut toutefois devancé par Brega, qui posait déjà son nez sur la jambe blessée de sa maîtresse.

XV

RENCONTRES

Le château grouillait d'activités, comme dans une fourmilière. Ce n'était pas la panique, mais presque. Heureusement, Lucius avait réussi à rétablir l'ordre en quelques sommations efficaces. Le conseiller, qui en avait pourtant vu d'autres lors de ses longues années de service, était à la fois nerveux et fébrile. Jamais il n'avait vécu pareille crise au sein du royaume de Ferrolia.

On avait appris la nouvelle ce matin et elle s'était répandue comme une traînée de poudre. Lucius se doutait bien que déjà, presque toute la ville était au courant. Un messager était arrivé, exténué par une longue chevauchée, afin d'annoncer que le roi Hatios était mort, assassiné par des brigands, alors qu'il était en route vers le château. Son corps avait été découvert près de la route. Ferrolia se retrouvait donc sans monarque.

Le vieux conseiller pensa immédiatement à l'héritière. Il vit là une intervention divine, cet événement n'était certainement pas le fruit du hasard. Il envoya un messager afin que Darius soit mis au courant de la situation.

« Il faudra la protéger. Pas question de l'emmener immédiatement au château, nous devons préparer sa venue », songea-t-il en frottant son menton, d'où pointaient les poils blancs de sa courte barbe.

Il envoya chercher le sage Mélénil afin d'évaluer les différentes solutions qui s'offraient à eux. Dans l'instant, Lucius savait qu'il était de son devoir de prendre les décisions en l'absence du roi et que personne ne contesterait ce fait. Il lui fallait préparer les funérailles de Hatios, le corps du défunt roi devant arriver le lendemain. En puis, il devait s'occuper de l'arrivée de l'héritière. Il songea à réunir les membres de leur Conseil secret, afin de les consulter.

Servia et Keiko regardaient le promontoire rocheux qui les dominait. Ils considérèrent les hauts murs et les tourelles du château de Ferrolia. Impressionnés par l'endroit, ils demeurèrent quelques secondes cois. Keiko tira sur la manche de Servia.

— Allons au port, dit-il. Nous avons promis à Darius de l'y rejoindre une fois dans la capitale.

Servia tira sur la corde de Brega, qui ne se fit pas prier pour trotter fièrement aux côtés de sa maîtresse.

C'est le second, Paolo, qui les accueillit à bord du *Geignard*. Il les poussa littéralement à l'intérieur de la cabine du capitaine en marmonnant une histoire d'urgence et de mort.

Darius se leva prestement de la table où il rédigeait les bons de commande de marchandise, quand il les vit entrer dans sa cabine.

— Servia, Keiko, je suis heureux de vous retrouver en bonne santé. Vous n'avez pas eu de problème ?

— Si, justement, répondit Keiko encore imprégné par la bataille qu'ils venaient d'avoir. Le maître des prophètes nous avait suivis jusqu'ici, et la Dame Blanche nous a donné comme mission de l'éliminer. Nous y sommes parvenus, non sans difficultés. J'ai quelques cicatrices de plus qui pourront en témoigner.

— Bien fait pour eux, ce n'est, certes, pas moi qui vais pleurer leur disparition ! Maintenant qu'il ne peut plus se cacher derrière ce culte et le pouvoir de cette créature, Abraham n'a qu'à bien se tenir, car il aura des comptes à rendre, croyez-moi. Quant à vous, je n'en reviens toujours pas que vous ayez été choisis pour mettre en place ce nouvel Ordre, s'exclama-t-il d'un air admiratif. L'Ordre de l'épervier, c'est bien ça ?

Les complices acquiescèrent.

— Avez-vous faim ? Ou soif ? demanda le capitaine.

— Pour être honnête, oui, dit Keiko.

— Paolo ! cria Darius. Apporte à manger et à boire à nos amis, s'il te plaît.

Il n'attendit pas que la nourriture soit arrivée avant d'informer le duo des derniers événements survenus à Ferrolia.

— Servia, nous avons appris ce matin que votre père, le roi Hatios, est décédé. Je suis désolé de vous apprendre cette nouvelle.

La jeune fille sembla surprise, mais pas vraiment bouleversée.

— Ne le soyez pas. C'est un père que je n'ai pas connu et je ne le regrette pas, surtout avec tout ce que j'ai appris sur lui. C'était un tyran ! dit-elle sans émotion.

Il y eut un long silence, chacun étant perdu dans ses pensées.

— Servia, dit finalement Keiko, hésitant, tu comprends ce que ça signifie: tu es maintenant la reine de ce royaume. N'est-ce pas, capitaine ?

— Oui, probablement, mais encore faudrait-il obtenir l'approbation de Ferrol, lors de la cérémonie de couronnement, répondit Darius qui songeait à sa rencontre avec le Conseil secret.

— Doucement vous deux, intervint Servia en fronçant les sourcils. Il n'est pas question que je devienne reine. Je ne suis même pas encore entièrement convaincue que je suis bien celle que vous croyez.

— Pour moi, vous êtes bien Miranda, fille de Hatios et de Dalia, dit Darius en les invitant à s'asseoir d'un geste de la main. Ne m'avez-vous pas dit également que la Dame Blanche en avait fait mention lors de votre rencontre ? De toute façon, il y a un moyen simple de s'en assurer.

Paolo frappa à la porte et ouvrit sans attendre. Il apportait du pain, un petit pot de beurre et de la bière.

— Nos réserves sont basses et nous avons de la difficulté à acheter des provisions. C'est tout ce que j'ai trouvé, dit-il en déposant les victuailles sur la table. La ville semble au bord de la famine.

— Ça ira très bien, répondit Keiko.

Le second les salua, puis se retira discrètement.

— Mangez, mes amis, dit Darius. Je dois ensuite vous conduire quelque part où je vous présenterai quelqu'un d'important. J'ai déjà fait la rencontre de certaines personnes sur lesquelles nous pouvons compter, et qui sont très proches du pouvoir. Elles savent tout de vous et souhaitent vous voir.

— Nous allons au château ? demanda Servia tout en mâchant une bouchée de pain.

— Non, pas tout de suite. La nouvelle de votre existence ne doit pas encore être ébruitée, seuls des gens de confiance doivent, pour le moment, être au courant.

— Ah bon, et pourquoi ? demanda Keiko.

— Il semble que certains demeurent sceptiques quant à l'identité de Servia. Mais vous aurez plus d'explications lors de cette rencontre que nous allons faire. Je lui fais immédiatement porter un message afin qu'elle sache que vous êtes arrivés.

❋

Servia se sentait mal à l'aise devant le regard scrutateur des hommes qui la détaillaient des pieds à la tête. Keiko émit finalement un grognement qui eut pour effet de rappeler Lucius et Mélénil à l'ordre.

— Pardonnez-nous, dit le conseiller, en s'inclinant légèrement. Le capitaine Darius n'a pas menti lorsqu'il nous a affirmé que vous aviez les traits de votre mère, la ressemblance est troublante. Comprenez notre étonnement, vous voir ici après toutes ces années, alors que nous vous croyions morte.

— Mais avant de vous reconnaître comme étant l'héritière, dit Mélénil en posant sa main sur l'épaule de Lucius, pour retenir son excitation, vous conviendrez que nous devons être certains de votre identité.

— Je n'en suis pas certaine moi-même, dit Servia en fixant le scribe. Tout porte à le croire, néanmoins, je n'en suis pas convaincue. Darius m'a dit qu'il y avait un moyen d'en avoir le cœur net. De quoi s'agit-il ?

Lucius hocha la tête.

— En effet, il y a un moyen. Il suffit de vous soumettre aux pouvoirs d'Ulbar, grand prêtre de Ferrol. La magie de son dieu pourra nous donner une réponse définitive. Accepteriez-vous de passer ce test ?

— Volontiers, répondit la jeune fille sans hésiter. Je désire connaître mes origines, c'est tout ce que je veux. Le trône du royaume ne m'intéresse pas.

— Vous savez que vous arrivez dans notre capitale à la suite de la mort du roi ? lui demanda Lucius en poussant un soupir.

— J'ai appris la nouvelle.

— Je crois que votre venue parmi nous, à ce moment précis, est une bénédiction de Ferrol. Vous êtes destinée à prendre la relève de votre père. C'est son sang qui coule dans vos veines après tout, ajouta le vieux conseiller, tremblant de fébrilité.

— Si je considère ce que j'ai appris sur lui, je préfère penser que mon sang est celui de ma mère et non d'un tyran. Je vous le répète, le trône ne me dit rien. Je n'ai même pas l'intention de demeurer à Ferrolia. En fait, mon but, en venant ici, était de découvrir mes origines.

Lucius et Mélénil ne cachèrent pas leur surprise. Ils demeurèrent muets pendant quelques secondes.

— Bon, nous en reparlerons plus tard, dit enfin Mélénil. Dites-moi, avez-vous encore ces crises qui vous terrassaient lorsque vous étiez bébé ?

— Elles ne se sont pas manifestées depuis plusieurs années.

On frappa trois coups à la porte. Les hommes échangèrent un regard inquiet.

— Qui est là ? demanda Lucius, anxieux.

Personne ne devait savoir où ils étaient. Lucius avait organisé cette rencontre dans une boutique désaffectée, tout près des quais, en ne conviant que les principaux intéressés. Personne d'autre n'était au courant.

— C'est moi, dit une voix qu'ils reconnurent aussitôt.

Mélénil s'empressa d'ouvrir la porte, qu'il referma illico derrière l'homme.

— Vous ne pensiez tout de même pas vous cacher du regard de Ferrol, s'exclama l'homme en rejetant son capuchon vers l'arrière, dévoilant du même coup ses traits.

Le ton se voulait bienveillant et le regard était malicieux. Lucius et Mélénil lui rendirent son sourire.

— Miranda et Keiko, dit le conseiller, je vous présente Ulbar, grand prêtre de Ferrol. C'est un ami et une personne ayant à cœur le bien-être de la population du royaume.

— Appelez-moi Servia, dit-elle en se levant et en tendant la main au grand prêtre.

❋

Sans surprise, la magie d'Ulbar confirma l'identité de Servia. Elle était bien l'enfant de Dalia et de Hatios, mais elle n'en fut pas troublée outre mesure. Des deux, Keiko fut le plus déstabilisé. Il réalisait soudain toutes les implications qui pouvaient découler du statut de sa bien-aimée.

Jusque tard dans la nuit, Lucius, Mélénil et Ulbar leur racontèrent comment s'était déroulée la vie à Ferrolia depuis le départ de Miranda. Ils n'omirent aucun détail et lui parlèrent même de l'existence du Conseil qu'ils avaient mis sur pied et des plans qu'ils avaient échafaudés, afin de soutenir la population le mieux possible.

— Mon père aurait été assassiné, y êtes-vous pour quelque chose ? s'enquit Servia sans détour en les regardant avec attention.

Lucius devint livide.

— Jamais nous n'irions jusqu'à commettre un meurtre, je vous le jure. Je dois pourtant vous dire que nous envisagions d'éloigner Hatios du trône.

— Ce que dit Lucius est vrai, ajouta le grand prêtre. Je le jure au nom de Ferrol. Le meurtre ne fait pas partie de nos pratiques. D'ailleurs, c'est la principale raison de notre querelle avec Hatios.

Ce dernier a déjà tué froidement l'un de mes prêtres, peut-être même la reine et il s'apprêtait à faire de même avec vous.

— Je vous crois, dit la jeune fille. Je dois d'ailleurs vous remercier, grand prêtre. Darius m'a raconté que c'est grâce à la visite que vous avez rendue à ma mère, lors de cette nuit fatidique, que je suis toujours en vie. Thom... Torkil avait tout avoué à Darius.

Le grand prêtre inclina la tête.

— Princesse Miranda, reprit Lucius en revenant au sujet qui le préoccupait, vous conviendrez que l'avenir du royaume est en jeu. Légalement, vous devriez être couronnée reine après une courte cérémonie où nous demandons la sanction de cette nomination au dieu de la mer. Par contre, vous dites que vous ne voulez pas gouverner Ferrolia. Notre Conseil doit s'entretenir sur les difficultés que nous allons rencontrer tant avec votre arrivée parmi nous que sans vous. Si vous refusez la couronne, nous devons trouver une solution pour vous remplacer. Après une pause le vieux conseiller rajouta: l'enterrement de votre père a lieu demain et il me reste beaucoup de détails à régler. Désirez-vous y assister? Si oui, vous devrez évidemment le fait incognito.

— Non. Merci pour votre sollicitude.

— Notre comité devra donc siéger le jour suivant. Consentiriez-vous à demeurer ici en attendant? Il y a tout ce dont vous avez besoin à l'arrière et quelqu'un en qui nous avons confiance verra à ce que vous ne manquiez de rien.

— Dites plutôt que vous allez envoyer quelqu'un afin de nous surveiller, dit Servia.

Les visages des trois hommes s'allongèrent et Lucius bafouilla quelques objections peu convaincantes. Servia éclata de rire à la vue de leurs mines déconfites, puis elle se tourna vers Keiko pour voir ce qu'il en pensait.

— Tant qu'à être ici, répondit son compagnon en haussant les épaules, aussi bien en profiter pour se reposer.

— Très bien, dit la jeune fille. Nous acceptons votre proposition. Je vous en prie, cessez ces têtes d'enterrement, je blaguais…

XVI

LE TRÔNE DE FERROLIA

Lucius confia la tâche d'accompagnateur au jeune noble Joshua. Ce dernier arriva à la boutique, hors d'haleine, quelques minutes après que Lucius, Mélénil et Ulbar avaient quitté les lieux.

Exaspérée, Servia, comme elle l'avait fait avec les marins du *Geignard,* dut demander à l'homme de cesser de faire des courbettes et de l'appeler Majesté.

— Appelez-moi Servia, dit-elle en réprimant un soupir d'impatience.

— Servia? répéta le jeune noble, dont les grands yeux verts étaient ronds d'étonnement. Veuillez m'excuser Ma..., je veux dire mademoiselle, mais pourquoi changer votre nom? Vous n'aimez pas celui que votre mère vous a donné à votre naissance? Miranda, je trouve ça joli.

La jeune fille afficha un demi-sourire lorsqu'elle vit la mine candide de Joshua.

— Merci! Mais pour l'instant, je préfère Servia. C'est le nom que je porte depuis toujours.

— Très bien Maje... Très bien Servia, se reprit Joshua.

Servia l'observait, alors qu'il faisait l'inventaire de la nourriture qui se trouvait dans le garde-manger. Il était vêtu très élégamment, avec une veste bordeaux et cintrée, qui mettait sa taille fine en valeur. À sa ceinture pendait un fourreau contenant une rapière. Ses cheveux bruns étaient épais et ondulés, et il arborait une barbichette en pointe ainsi qu'une très fine moustache. Servia ne douta pas que les jeunes femmes de la cour tournassent autour du noble en le harcelant de leurs avances. Elle se retourna et vit Keiko qui l'observait en fronçant les sourcils. Imitant le geste fréquent de ce dernier, elle haussa les épaules, tout en lui adressant un clin d'œil. Elle se dirigea vers le jeune garçon et lui donna un baiser sonore sur la joue. Comme elle s'y attendait, Keiko rougit.

Les deux jours passèrent rapidement. Joshua s'avéra être un compagnon intéressant et sympathique. Il leur ramenait quelques nouvelles de la ville. Apparemment, le peuple n'était pas du tout chagriné par la mort de son monarque. Certains se demandaient qui allait maintenant régner, mais tous semblaient s'entendre pour dire que ce ne pourrait être pire avec un nouveau régent. Même Keiko, qui était au début méfiant et froid avec le jeune homme, se laissa gagner par sa bonne humeur et sa candeur. Joshua profita de ces moments pour leur apprendre maintes choses sur Ferrolia et sur les activités au château. Keiko et Servia furent particulièrement intéressés quand il leur parla des cours de maniement d'armes qu'on y donnait. Quand il vit leur intérêt, il leur offrit de venir avec lui, un de ces jours, afin d'assister à ces leçons.

Lucius revint comme promis. Des cernes marquaient le dessous de ses yeux et ses épaules étaient voûtées par la fatigue. L'expression de son visage contrastait pourtant avec le reste. Ses yeux brillaient de vitalité et d'intelligence.

Il raconta tout d'abord comment s'étaient déroulées les funérailles du roi. Aucune larme n'avait été versée par la population lors du passage du cortège, les habitants avaient observé tout au plus un silence poli.

— Maintenant, dit-il en se frottant les mains, nous devons nous tourner vers l'avenir. Notre Conseil s'est réuni et nous avons considéré les problèmes les plus urgents, le premier étant de trouver un successeur à Hatios.

Servia croisa les bras sur sa poitrine, elle appréhendait la suite.

— Majesté, ajouta Lucius, votre peuple a grandement besoin de vous.

Servia ouvrit la bouche pour répliquer, mais le conseiller l'arrêta d'une main levée.

— Je sais, le trône ne vous intéresse pas. Néanmoins, écoutez-moi. La famine guette le royaume, autant dans les villes que dans les campagnes et l'hiver approche à grands pas. Le moral des habitants est à son plus bas. Nous devons rapidement prendre des mesures afin de les aider, mais plus que tout, en ce moment, ils ont besoin d'espoir et vous pouvez leur en donner. Nous vous aiderons dans votre tâche, soyez-en assurée.

Lucius continua son plaidoyer qui dura de longues minutes ; de temps à autre, Joshua ajoutait un commentaire. Servia attendit patiemment qu'il termine avant de leur raconter comment Keiko et elle avaient été choisis afin de mettre sur pied l'Ordre de l'épervier. Ils devaient avant tout répondre aux besoins de la Dame Blanche. Lucius et Joshua demeurèrent bouche bée, incrédules. Servia leur montra alors les marques laissées par la déesse, de même que les bijoux qu'elle leur avait offerts. Keiko alla même jusqu'à se dévêtir et à se transformer en ours. Il le regretta lorsqu'il vit Lucius, le visage exsangue, porter une main à son cœur. Keiko pensa qu'il faisait une crise cardiaque, mais ce n'était pas le cas. Servia dut aussi ordonner à Joshua de rengainer son épée. Keiko donna un coup de griffe sur la porte en métal de l'âtre, y laissant de profondes entailles. Cet exploit suffit à convaincre Lucius et Joshua de leur histoire.

Le vieux conseiller demeura pensif, alors que Keiko reprenait sa forme humaine. Joshua, fasciné, l'inonda de questions pendant qu'il se rhabillait.

— Très bien, dit finalement Lucius, nous devrons faire avec. Voici ce que je propose. Nommez un intendant qui verra à exécuter vos ordres lorsque vous serez appelée à vous absenter. Il aura le pouvoir de prendre des décisions lorsqu'il ne pourra pas vous consulter. Vous demeurerez ainsi monarque de Ferrolia, et vous aurez toute la liberté d'accomplir les missions que vous confiera la Dame Blanche.

Servia refusa catégoriquement. Lucius continua d'argumenter, lui précisant que le malheur et le chaos risquaient de s'abattre sur le royaume en l'absence d'un monarque, surtout en ces temps de crise, alors que les gens manquaient de nourriture. Chaque fois que Servia s'opposait à lui, il répliquait en proposant solutions et compromis.

— Je ne veux pas être reine, un point c'est tout, lança Servia, toujours aussi entêtée.

Le vieux conseiller baissa la tête. À sa grande surprise, Keiko l'aida.

— Te souviens-tu quand la Dame Blanche nous a dit que l'Ordre devrait trouver des alliés et faire appliquer ses lois, autant par la force que par la diplomatie ? dit le jeune garçon. Si tu étais reine, tu aurais un poids politique considérable. La vie de château ne me dit rien qui vaille à moi non plus, néanmoins, je crois qu'il ne nous en coûterait pas grand-chose d'essayer. À ma naissance, je n'ai pas choisi d'être un change-forme, un métamorphe, j'ai dû vivre avec ça. Je ne me suis jamais apitoyé sur mon sort, enfin, presque jamais. Toi, tu es née princesse, tu ne peux rien y changer, malgré ce que j'en pensais il y a encore peu de temps. C'est ton destin.

Servia le regarda, étonnée. À son tour, elle baissa les yeux pendant une bonne minute avant de fixer Lucius.

— Je dois pouvoir quitter le château et le royaume à tout moment, et peut-être même pour de longues périodes. J'accepterai uniquement à cette condition de jouer votre jeu pour le bien de tous ces gens, mais seulement le temps que tout rentre dans l'ordre.

— Oui… Oui, bien sûr, dit Lucius avec enthousiasme. Je serai près de vous, comme Joshua, Ulbar et bien d'autres afin de vous faciliter la tâche. C'est merveilleux ! Nous avons une reine !

Joshua, de son côté, souriait à belles dents. Il hocha la tête en direction de Servia avant de donner une petite claque dans le dos de Keiko.

— Bien joué, mon ami, dit-il.

Keiko sourit à son tour. C'était une première. Il était parvenu à faire changer Servia d'idée. Quand elle le regarda avec ses yeux noirs, il continua de sourire et haussa les épaules en passant une main dans sa tignasse. Ses joues s'empourprèrent.

*

— Un petit mensonge pour une bonne cause, ce n'est pas très méchant, avait dit Lucius à Servia en lui adressant un clin d'œil.

Depuis leur dernière rencontre, le vieil homme avait fait circuler la nouvelle dans la capitale, annonçant que l'héritière avait été retrouvée depuis un bon bout de temps, mais que l'information était demeurée secrète afin de protéger la princesse, que l'on cachait hors de la capitale. Ils se trouvaient tous dans l'ancienne boutique. Il y avait, en plus du conseiller, du sage et de Joshua, le grand prêtre Ulbar, la baronne Savanna et Darius.

— Nous allons arranger une fausse arrivée dans Ferrolia, avait suggéré Mélénil. Je crois que dans trois jours, ce serait parfait. D'ici là, nous aurons le temps de tout préparer. Lucius, il te faudra enseigner l'étiquette de la cour à notre jeune reine.

— Je m'en occupe, répondit le conseiller. À son entrée en ville, je propose de la conduire au château, escortée par la garde royale. Elle pourrait faire son premier discours, juste avant d'entrer. Elle devra mentionner que l'application de ses nouvelles décisions sera conditionnelle à la réussite de la cérémonie du couronnement.

— Je vais préparer la cérémonie, dit le grand prêtre. Elle pourrait avoir lieu dans une semaine.

— Parfait, continua Mélénil. Lucius, vous parliez de son premier discours. Il sera très important. Sur quels sujets portera-t-il ?

— Demandons à la future reine ce qu'elle en pense, dit le conseiller en se tournant vers elle, décidé à la tester.

Servia avait la tête qui lui tournait, alors qu'elle tentait d'assimiler tout ce que les personnes présentes disaient. Elle se sentait perdue et très loin de posséder les talents nécessaires pour devenir une bonne reine. Elle regarda tour à tour les personnes à la table. Keiko lui adressa un léger hochement de tête en guise de soutien.

— Eh bien, je ne sais pas trop, dit-elle en réfléchissant.

Elle ne s'était jamais sentie aussi intimidée qu'en ce moment.

— Alors que nous faisions route vers la capitale, nous avons entendu beaucoup de gens maugréer. Plusieurs estiment qu'ils n'auront pas assez de nourriture pour passer l'hiver, d'autres se plaignent des nouvelles taxes et des soldats qui viennent les collecter. Nous avons même été témoins de ces abus sur la route. Je ne sais pas si c'est faisable, mais pourquoi ne pas abolir les taxes, donner plus de nourriture aux habitants du royaume et punir les soldats qui auraient agi de manière violente ?

Lucius sourit. Les suggestions, même si elles avaient été énoncées de façon naïve, étaient pertinentes.

— Voilà qui est bien, dit-il. Par contre, nous ne pouvons éliminer toutes les taxes. Le trésor doit demeurer à un niveau acceptable, de manière à financer une éventuelle guerre ou des problèmes particuliers. Par contre, je propose que vous annonciez que la dernière taxe imposée par votre père soit abolie. Nous pourrions aussi préciser que nous baisserons les autres taxes pour une période déterminée, le temps que les gens se remettent de cette année difficile. Ensuite, ma reine…

— Appelez-moi Servia quand nous sommes entre nous, lui rappela la jeune fille, en le regardant droit dans les yeux. Je serais plus à l'aise.

— Pas Miranda ? demanda Mélénil.

— Si je règne, ce sera sous le nom de Servia. C'est le prénom que m'a donné mon père adoptif. Miranda sera mon deuxième prénom, qui ne paraîtra que sur les documents officiels.

— Elle sait ce qu'elle veut, hein ? dit Joshua en éclatant de rire.

Il fut imité par Keiko, mais le regard des autres membres de l'assemblée, y compris celui de Servia, mit vite fin à leur accès d'hilarité.

— C'est tout à fait raisonnable, concéda Lucius. Vous serez donc Servia Ire. Pour revenir à vos demandes… Fournir de la nourriture aux gens pose un problème. Nous pouvons certes redistribuer une part des céréales engrangées dans nos réserves, mais c'est tout. La nourriture est rare, et ce, partout dans le royaume.

L'assemblée demeura quelque temps silencieuse, tous réfléchissaient au problème.

— Il faudrait que plus de gens travaillent à produire de la nourriture, annonça simplement Keiko.

— C'est ça ! approuva Mélénil en tapant des mains. Nous allons mettre sur pied un projet. Les gens qui aident à la production des denrées, qu'ils soient pêcheurs, fermiers ou autres paieront moins de taxes que les autres. Encore là, cette mesure ne sera que temporaire. Nous avons encore des terres disponibles pour ceux qui voudraient se lancer.

— Je crois que c'est faisable, précisa Lucius en se frottant le menton. Nous verrons si ce sera efficace et si plus de gens participent au projet.

Le conseiller marqua un temps avant de rajouter:

— Bon, je pense que c'est assez pour aujourd'hui. Joshua, pourriez-vous faire en sorte que Servia et Keiko quittent la ville en toute discrétion jusqu'au jour de l'arrivée officielle de la princesse ?

— Aucun problème, répondit le jeune homme, enthousiaste. Ils résideront dans notre manoir d'été. Je me porte garant de la discrétion de mes employés. En plus, c'est près d'ici, à peine plus d'une heure à cheval.

— Ce serait parfait, émit Lucius. Le plus tôt sera le mieux. Il est préférable qu'on ne vous aperçoive pas avant le grand jour, et l'endroit sera plus confortable qu'entre ces murs, précisa-t-il en s'adressant aux jeunes gens. Sitôt que possible, j'irai vous rejoindre, Majesté.

— Servia, reprit la jeune fille pour le corriger.

— Excusez-moi, dit le vieil homme en se levant de sa chaise. Toute ma vie, j'ai servi votre famille, il m'est difficile de vous voir autrement qu'en héritière du trône. Pour moi, vous êtes la princesse

Miranda, soyez patiente avec moi... Servia! Allez, je ne sais pas pour vous, mais nous avons besoin d'une bonne nuit de repos.

Les invités se saluèrent, puis quittèrent tour à tour la boutique. Darius demeura quelques minutes de plus avec Keiko et Servia. Joshua leur servit chacun une chope de bière, avant de se laisser tomber sur un fauteuil.

— Une journée de marche rapide est beaucoup moins éreintante qu'une soirée comme celle que nous venons de passer, fit remarquer Keiko avant de boire la moitié de sa chope d'un trait.

Darius leva la sienne en signe d'assentiment. Lui non plus ne se sentait pas dans son élément. Prendre des décisions sur un bateau, c'était naturel pour lui, mais prendre des décisions qui avaient des répercussions sur toute la population d'un royaume, c'était une tout autre chose.

Servia poussa un long soupir.

— Par tous les dieux, dans quelle galère nous sommes-nous embarqués?

XVII

NOYADE OU CÉLÉBRATION

Le cortège chemina lentement dans les rues bondées de Ferrolia. On applaudissait à tout rompre le retour inespéré de l'héritière du trône. Une dizaine de gardes, dans leur livrée d'apparat, ouvraient la marche en portant l'étendard du royaume, un château blanc surplombant une mer indigo. Servia avait tenu à ajouter un autre étendard, la silhouette noire d'un épervier sur un fond vert. Elle montait une belle jument ébène, à la suite des gardes. Ses vêtements étaient neufs, simples, seulement agrémentés de fines broderies d'or. Lucius et Mélénil n'étaient pas parvenus à lui faire changer d'idée, eux qui désiraient la voir porter une robe. Servia n'avait pas cédé sur ce point. Elle était vêtue d'un pantalon noir ample, de bottes de cuir montant jusqu'aux genoux, d'une chemise blanche avec un peu de dentelle au cou et aux poignets, et d'une veste courte de couleur pourpre.

Légèrement en retrait suivait Keiko sur un cheval, la corde de Brega rattachée à sa selle. L'âne, les oreilles dressées, regardait les visages qui défilaient devant lui, espérant que l'un des spectateurs s'avance pour lui offrir une pomme ou une carotte. Tout juste derrière se tenaient Lucius, qui se verrait bientôt attribuer le titre d'intendant, et Ulbar, grand prêtre de Ferrol. Par sa présence, ce dernier désirait montrer à la population que les liens entre le temple et la royauté s'étaient ressoudés. Plusieurs dignitaires complétaient le cortège, dont la baronne Savanna, le noble Joshua et le capitaine Darius.

L'accueil fut chaleureux, comme s'y attendait Lucius. Ses espions dans le château et dans les environs lui avaient confié que l'arrivée de l'héritière était généralement bien perçue. Quelques habitants doutaient de sa véritable identité, trouvant étrange qu'elle apparaisse ainsi, tout juste après le décès de son père.

— C'est tout de même une drôle de coïncidence, affirmaient les plus méfiants.

Lucius savait que tout doute serait effacé si Ferrol, lors de la cérémonie de couronnement, acceptait Servia comme souveraine du royaume. Et puis, sa ressemblance avec la reine, sa mère, garantissait déjà pour plusieurs ses origines. Il avait également affirmé à qui voulait bien l'entendre qu'elle était bénie des dieux, et qu'avec son garde du corps et ami, ils avaient tous deux été choisis pour mettre sur pied un nouvel ordre. Le discours que livrerait Servia viendrait confirmer ces rumeurs.

Le conseiller avait mis Servia en garde. Il lui fallait éviter le plus possible de parler de son passé, du moins pour l'instant, et surtout de ce qu'elle savait de la nuit où elle avait quitté Ferrolia. Il fallait que les habitants se tournent vers l'avenir, au lieu de s'apitoyer sur leur sort et de ressasser constamment les événements passés, qu'ils ne pouvaient pas changer de toute façon.

Servia avançait comme dans un rêve. Elle se sentait détachée de son corps, comme si elle n'était pas la personne à la tête de ce cortège et comme si tous les yeux n'étaient pas tournés vers elle. Elle se répéta mentalement, pour une centième fois, le discours qu'elle devrait faire dans quelques minutes. Ses mains moites glissaient sur les rênes de sa monture et même si elle était entourée de milliers de personnes, elle se sentait effroyablement seule.

Ils parvinrent finalement aux portes du château devant lequel une tribune avait été installée. Elle y prit place, encadrée par Lucius et Keiko. Ulbar et Mélénil demeurèrent une marche plus bas, de chaque côté. La foule se massa devant l'estrade.

Des valets apportèrent des rafraîchissements aux membres du cortège. Servia remarqua qu'elle tremblait de nervosité, alors qu'elle prenait la coupe de vin. Elle respira profondément et se tourna vers Keiko. Ce dernier lui sourit afin de la rassurer, mais Servia devinait bien qu'il était aussi nerveux qu'elle. Keiko aussi avait revêtu des vêtements d'apparat. Il était habillé de vert et de noir, et on lui avait remis une superbe épée qu'il portait fièrement à sa ceinture. Dans sa main gauche, il tenait l'étendard de l'Ordre de l'épervier, alors que Lucius tenait celui de Ferrolia.

Le moment était arrivé: Servia parvint à livrer son discours correctement, sans rien omettre. À la fin, les gens scandèrent le nom de Servia Ire. Les nouvelles annoncées ne pouvaient que plaire à la population. Servia leva les bras afin d'exiger le silence.

— Étant donné que je serai votre reine uniquement si Ferrol m'accorde sa bénédiction lors de la cérémonie qui se tiendra sous peu, sachez que je ne m'assoirai pas sur le trône et que je ne résiderai pas dans les appartements royaux d'ici là. Si je suis couronnée, ma première action sera de juger les soldats qui ont maltraité les habitants du royaume. Selon ce que je sais, il ne s'agit que de quelques hommes. Vous pouvez faire confiance aux gardes royaux et à l'armée. Que Ferrol vous bénisse !

Servia pénétra ensuite pour la première fois dans le château de sa famille, sous les acclamations de la population.

Il y avait encore plus de personnes massées sur les quais pour la cérémonie de couronnement que lors de l'arrivée de Servia. La population était impatiente de voir si le dieu de la mer allait approuver ce choix. Rarement le royaume avait été sous l'autorité d'une femme.

Les docks avaient été libérés pour l'occasion. Tous les bateaux qui y étaient amarrés avaient jeté l'ancre un peu plus loin, au large, formant un demi-cercle.

Servia arriva, accompagnée d'une imposante escorte. Elle était vêtue pour l'occasion d'une simple robe d'un épais velours indigo à l'encolure carrée. Sur sa poitrine étaient brodées des vagues blanches. Les gens lancèrent des vivats lorsqu'elle passa devant eux. Elle prit soin de les saluer en leur adressant son plus beau sourire.

Le rituel était simple. Servia devait s'avancer et s'immerger entièrement vêtue le temps que durait la cérémonie, soit près d'une heure. On lui avait donné une vessie de porc cousue et gonflée d'air afin de lui permettre de flotter sans avoir à nager.

La jeune fille emprunta les marches qui descendaient dans la mer. Ulbar et Lucius lui avaient bien indiqué ce qu'elle devait faire. Des servants avaient pris soin d'enduire son corps de graisse afin de préserver le plus possible sa chaleur corporelle. Son vêtement se satura d'eau et devint par le fait même très lourd. Heureusement, sa bouée lui assurait une certaine flottaison. En battant des pieds, elle s'éloigna des quais d'une trentaine de mètres. Elle ne savait pas nager et le fait de se retrouver ainsi dans l'océan, heureusement calme ce matin-là, la rendait nerveuse.

Ulbar et cinq de ses prêtres montés sur une plate-forme haute de trois mètres joignirent leurs mains et baissèrent la tête. Un chant dédié à la gloire de Ferrol se fit entendre. À tour de rôle, chacun des ministres du culte entama une ode différente. Le troisième n'avait pas encore terminé que Servia, les lèvres bleuies, grelottait déjà de froid. Après la dernière note, Ulbar prit la parole, prononçant les strophes consacrées au couronnement. Il demandait à Ferrol de bénir la population, et surtout, de donner son aval à cette cérémonie.

— Montre que Servia, née Miranda et fille d'Hatios et Dalia est digne de devenir la prochaine souveraine du royaume, déclara-t-il en levant les bras et le visage au ciel.

À l'unisson, les prêtres imitèrent leur supérieur et se remirent à chanter. Ulbar se tourna vers le large et vers Servia, qui attendait la suite avec appréhension. Il tendit une main, paume vers le ciel, en direction de la jeune fille. Aussitôt, l'outre qui la maintenait à flot se dégonfla. Elle eut juste le temps de prendre une grande respiration avant que le poids de sa robe détrempée l'entraîne vers le fond.

Servia tentait de rester calme, mais elle sentait la panique l'envahir. Allait-elle se noyer ? Comment allait-elle faire, ainsi entravée dans sa robe, pour remonter à la surface ? Servia commençait à ressentir le besoin de respirer, elle avait besoin d'air. Elle songeait à se délester de sa tenue lorsque soudain, elle sentit autour d'elle un mouvement de l'eau. Elle n'aurait su l'expliquer, mais l'eau l'entourait, comme une main. D'un coup, elle se sentit bien, en paix avec elle-même, et surtout, avec l'environnement marin qu'elle considérait comme hostile quelques instants auparavant. Elle perçut des ombres autour d'elle, mais n'eut pas peur. Elle réalisait qu'elle remontait rapidement vers la surface, sans qu'elle ait à effectuer le moindre mouvement.

Servia se retrouva soudain à l'air libre, flottant comme un bouchon de liège. Le poids de sa robe ne la gênait plus. Son corps était en dehors de l'eau à partir de la taille, sans qu'elle fasse le moindre effort. Servia sut alors que Ferrol avait entendu la prière de ses prêtres et qu'il avait accordé sa bénédiction à son couronnement. C'était grâce à lui si elle ressentait ce sentiment soudain de tranquillité et de bien-être. Dans le cas contraire, Servia aurait continué de descendre vers les fonds marins et s'y serait noyée.

Les gens se mirent à applaudir et à scander avec enthousiasme le nom de leur nouvelle souveraine. Leurs cris de joie se changèrent soudain en murmures de surprise, lorsque quatre dauphins bondirent hors de l'eau par-dessus la tête de Servia et qu'un épervier vint la survoler en poussant un cri strident.

— Elle est bénie des dieux, chuchota Ulbar pour lui-même.

C'était la première fois qu'il assistait à une telle démonstration. Jamais des dauphins, créatures chéries de Ferrol, ne s'étaient manifestés lors d'un couronnement et, jamais de mémoire humaine un oiseau, encore moins un épervier, n'était apparu ainsi au-dessus de la mer.

Un prêtre envoya une barque richement décorée vers la reine afin de la sortir de l'eau. Lorsqu'elle arriva sur la plate-forme, sa robe moulait son corps longiligne. Ulbar déposa sur sa tête le diadème royal.

❋

Servia rentra au château, soulagée, mais exténuée. Une servante l'entraîna vers les appartements royaux, enveloppée d'une couverture de laine. Elle se nommait Janice et elle était à peu près du même âge que Servia. Elle l'informa qu'un bain chaud l'y attendait et qu'un feu avait été allumé dans le grand foyer. Keiko l'accompagna.

Le couple fut abasourdi par la richesse des lieux lorsqu'ils pénétrèrent dans la suite royale. L'attention de Servia fut presque immédiatement captée par deux grands tableaux au fond de la pièce. Elle tendit une main tremblante et les montra du doigt.

— Janice, qui sont ces gens ? demanda-t-elle d'une voix chevrotante.

— C'est votre mère, Dalia, et votre père, le défunt roi Hatios, répondit aussitôt la servante.

Servia sentit ses forces l'abandonner et ses genoux fléchir. Janice poussa un cri de surprise en la voyant s'écrouler, alors que Keiko se précipitait vers sa compagne.

— Servia… Servia, que se passe-t-il ? demanda le jeune garçon en la prenant dans ses bras, la voix empreinte d'inquiétude.

— Que la Dame Blanche et tous les dieux me pardonnent… J'ai tué mon père ! murmura-t-elle avant de s'évanouir.

XVIII

SUR LES AILES DE LA GUERRE

Même si elle avait agi pour sauver la vie de Keiko, Servia avait tué son père, et elle le vivait très mal. Elle revoyait sans cesse les images de ce fourbe, son sourire mauvais, alors qu'il plantait sa dague dans le cou de Keiko, après avoir maltraité et tué un pauvre hère. Depuis qu'elle avait découvert qui il était, sa mort la hantait. Elle se sentait coupable. Lucius et Ulbar tentèrent de la rassurer en lui rappelant qu'elle avait agi en légitime défense, mais rien n'y faisait. Le conseiller avait jugé sage d'éviter d'ébruiter l'affaire. Seul l'entourage immédiat de la jeune reine serait au courant.

En plus de ses remords, Servia ne s'habituait pas à la frénésie qui régnait dans le château, même si elle le laissait peu paraître. Lucius lui assurait qu'elle se tirait parfaitement d'affaire depuis son couronnement. Si Servia avait entendu le vieux conseiller se confier à ses proches, elle aurait peut-être été rassurée. Lucius ne se faisait pas prier pour vanter l'intelligence de la nouvelle reine, de même que son esprit cartésien et pragmatique. Il la savait capable de pitié, autant que de fermeté, si cela s'avérait nécessaire. Selon lui, elle possédait toutes les qualités nécessaires pour devenir une excellente souveraine. Il ne lui restait qu'à prendre de l'expérience et à apprendre aussi toutes les subtilités du monde politique.

Bien sûr, elle avait été prise au dépourvu à quelques occasions, mais comme promis, Lucius, Ulbar ou Mélénil étaient rapidement venus à son secours pour la tirer élégamment d'embarras, tout en s'assurant de ne pas miner sa crédibilité. Les espions de Lucius lui rapportaient que la population ne parlait qu'en bien de la nouvelle reine, non seulement dans la capitale, mais également dans les régions plus éloignées du royaume.

Keiko, de son côté, n'était pas plus à l'aise que sa compagne, lui qui avait toujours vécu seul en forêt, mais il n'en montrait rien et prenait à cœur son rôle de garde du corps. Les seuls instants où les amoureux se retrouvaient comme avant se présentaient lorsqu'ils effectuaient un saut dans la cour d'exercice pour y rencontrer le maître d'armes, ce qui leur rappelait le temps passé avec l'ermite Thamil. Pour leur plus grand plaisir, les séances d'entraînement avaient lieu tous les deux jours.

Servia appréciait d'autant plus ces sessions que c'étaient les seules occasions où elle se permettait de porter des pantalons et d'échapper à ses devoirs.

Au début, leur enseignant s'était montré réticent à enseigner son art à la reine, mais lorsqu'il l'avait vue décocher des flèches et se débrouiller au maniement du bâton, il s'était ravisé. Même si elle ne possédait pas la force pour devenir une combattante parfaite, elle était rapide et agile, presque autant qu'une elfe. Plusieurs de ses soldats auraient envié ses talents. Grâce aux enseignements du maître, elle apprit à tirer en chevauchant un cheval au galop ainsi que les rudiments du combat à l'épée.

Keiko, de son côté, passait encore plus de temps à s'exercer avec des anciens. Aussitôt qu'il était libéré de ses tâches auprès de

Servia, il accourait afin de se familiariser avec le maniement des lames. Le soldat aguerri qui enseignait avait choisi pour lui, non pas la petite épée qu'on lui avait fournie pour les cérémonies, mais une arme plus lourde qu'il pouvait manier à une ou deux mains. Très peu de soldats de Ferrolia possédaient la force nécessaire pour manipuler une telle arme de guerre. Pour pouvoir la transporter, le fourreau était placé dans le dos et le pommeau dépassait au-dessus de l'épaule, prêt à être rapidement saisi.

En raison de sa force et de sa volonté de s'améliorer, le jeune garçon avait rapidement gagné le respect de son maître d'armes et de tous les soldats qu'il avait côtoyés. Il n'avait eu aucun problème à accorder sa confiance à ses compagnons d'exercice ; toutefois, il en était tout autrement avec les nobles, presque tous hautains, qui défilaient à la cour. Joshua était l'exception.

Keiko retourna dans ses quartiers faire un brin de toilette ; la dernière séance l'avait laissé en sueur et le souffle court. Il grimaça lorsqu'il songea au bal qui devait avoir lieu le soir même. Ce premier bal officiel attirait à la cour une multitude de nobles venus féliciter la reine et affirmer leur loyauté envers le trône. Ils en profitaient également pour faire leurs doléances. En prévision de cette soirée, Joshua lui avait même enseigné quelques pas de danse, ce qui avait mis Keiko très mal à l'aise, mais avait bien fait rire le jeune noble. Mélénil, reconnu comme un élégant danseur, avait fait de même avec la reine. Tout le monde s'activait dans le château en raison des préparatifs. Dans la cuisine, on s'affairait comme dans une ruche d'abeilles, pendant que des serviteurs décoraient la salle de bal. Les fenêtres étaient toutes grandes ouvertes pour y laisser pénétrer l'air frais.

Les invités qui n'étaient pas déjà au château le soir venu arrivèrent dans des carrosses et les moins nantis, dans des chariots décorés. Servia, assise sur son trône au fond de la salle de bal, les saluait tous un à un, à mesure qu'ils lui étaient présentés par Lucius. Ils avaient tous apporté des cadeaux qu'ils présentaient fièrement à la souveraine. Le dernier arrivé, un noble plutôt âgé se dénommant Tap, se prosterna devant Servia qui soupira intérieurement. Elle ne s'habituerait jamais, elle en était convaincue. Le vieil homme lui présenta un coffret en inclinant la tête.

— J'aurais aimé vous offrir plus, Majesté. Ces derniers temps ont été éprouvants, murmura-t-il, afin d'être entendu seulement par Servia, qui se pencha en avant afin d'accepter le cadeau.

La jeune fille observa discrètement le vieil homme dont les oreilles étaient rouges de gêne. Ses vêtements, de bonne coupe, étaient élimés et légèrement décolorés. Manifestement, il se sentait mal à l'aise. Servia regarda le présent du noble, un coffret de bois entièrement recouvert de pierres multicolores. Il ne s'agissait pas de pierres précieuses, mais d'imitations de peu de valeur. Servia, qui n'y connaissait pourtant rien, le devina. L'objet, aux couleurs criardes, gagnait de loin la palme du cadeau le plus laid qu'elle avait reçu jusqu'à maintenant.

Servia s'en souciait peu, le malaise de son vis-à-vis la touchait davantage. Elle ouvrit le coffret et vit qu'il contenait des plumes, des bouteilles d'encre et des rouleaux de parchemin fins.

— Sire Tap, dit-elle en souriant au noble qui l'observait en tordant son chapeau dans ses mains. C'est un présent qui m'honore.

— Voyez-vous, s'excusa le noble, ma richesse n'est plus ce qu'elle a déjà été et…

Servia l'arrêta en levant une main, puis elle s'approcha de son oreille.

— Quelque chose me dit que ce cadeau est plus que ce que vous pouvez réellement m'offrir. J'en suis flattée. Soyez assuré que je vais tout faire pour vous le rendre au centuple en redonnant au royaume sa prospérité d'antan. Je vous remercie, sire Tap, et je vous assure que mes meilleures pensées vous accompagnent.

Elle se redressa tout sourire. Le noble demeura aussi rouge qu'avant, mais cette fois, c'était le plaisir et non la gêne qui empourprait ses joues. Lucius n'avait pas entendu les propos de la reine, mais il était excellent pour reconnaître les émotions sur les visages des gens. Il lui fut facile de deviner que Servia venait de gagner l'amour de l'un de ses sujets. Sire Tap souriait encore lorsque Lucius présenta le noble suivant à la reine. Pendant les heures que durèrent les présentations, Servia s'efforça d'être aussi aimable avec les nobles aussi sympathiques que Tap. Elle éprouva plus de difficulté avec les plus prétentieux qui regardaient de haut leurs semblables. Ceux-ci exaspéraient les gardes et les serviteurs, qui devaient continuellement endurer leurs sautes d'humeur et leurs remarques désobligeantes. Servia se sentait hypocrite de présenter ainsi un visage avenant à des gens qu'elle aimait peu. Elle se promit de parler de ces personnes à Lucius afin d'en connaître un peu plus sur eux.

Un repas fut ensuite servi aux invités. Il ne s'agissait pas des menus exotiques et élaborés qu'avait l'habitude d'offrir Hatios. La nourriture était excellente quoique modeste. Servia expliqua qu'elle voulait ainsi donner l'exemple en coupant dans les dépenses inutiles, alors que la famine guettait le royaume.

À la fin du repas, les tables furent rapidement retirées et les musiciens invitèrent les convives à danser. Keiko fronça les sourcils lorsqu'il vit l'un des nobles se diriger vers Servia, alors qu'il se tenait derrière elle. Il le connaissait bien. Il se nommait Basil et faisait partie de cette catégorie de gens qui avaient amplement profité des largesses de la cour du temps de Hatios. C'est du moins ce que Joshua lui avait confié. Il traînait au château, aussi inutile qu'un vase décoratif. Depuis le jour du couronnement, le noble d'une trentaine d'années n'avait cessé de tourner autour de la reine, l'inondant de compliments, tentant de gagner ses faveurs. Ses commentaires, toujours à la limite de l'effronterie, plaisaient à certaines jeunes femmes et le noble était certain que la jeune reine ne pourrait résister à son charme.

— Majesté, dit Basil, un sourire en coin, vous êtes d'une beauté à couper le souffle. Je me plais à imaginer une soirée torride où nous serions tous deux haletant de plaisir, ajouta-t-il en riant de sa blague vulgaire.

— Basil, dit Servia d'un ton qu'elle s'efforça de garder neutre, ce commentaire est déplacé et grossier, n'oubliez pas à qui vous parlez. J'ai beau être plus jeune que vous, je n'en demeure pas moins votre reine.

Keiko vint se placer aux côtés de sa compagne, croisant ses bras sur sa poitrine. Si son regard avait pu lancer des éclairs au noble, l'autre aurait été foudroyé sur place.

— Pardonnez-moi, Majesté, votre éclat me fait tourner la tête, dit-il en jetant un bref coup d'œil à Keiko. Que diriez-vous d'une petite promenade dans le jardin, à l'air frais, loin de votre omniprésent gorille et de son regard réprobateur ?

Keiko montra les dents dans un rictus peu rassurant, mais Servia lui posa une main sur l'avant-bras. Basil planta son regard dans celui de Keiko, alors qu'il arborait un sourire mauvais.

— Majesté, vous devriez surveiller vos fréquentations, ajouta Basil. De jeunes mâles, comme celui qui vous suit partout, ne savent pas contrôler leurs pulsions et sont insouciants des conséquences de leurs actes. Venez donc avec moi, je saurai vous enseigner tout ce dont vous avez besoin.

Keiko fit un pas en avant, menaçant, la main sur la garde de son poignard, alors que Servia demeurait muette de colère.

— Vous voyez ce que je disais, dit le noble en souriant et en pointant la main de Keiko qui se refermait sur son arme, il n'a aucune retenue ni subtilité.

Servia se leva.

— Vous avez raison, messire Basil, je devrais faire plus attention à mes fréquentations, répondit-elle avant de lui tourner délibérément le dos. Keiko, allons danser.

Le noble rougit de honte, car Servia avait élevé légèrement la voix et quelques têtes s'étaient retournées. Joshua arriva de nulle part et saisit le coude de Basil.

— Cher Basil, dit-il d'une voix mielleuse, il y a un sujet qui me tient à cœur et dont j'aimerais vous entretenir. Allons donc un peu à l'extérieur, nous serons tranquilles. Je ne vous retiendrai que quelques instants.

Keiko devina que Joshua ne serait pas très courtois avec le noble. En une fraction de seconde, la colère de Keiko fit place à la panique lorsqu'il réalisa que Servia l'entraînait par la main vers l'endroit réservé aux danseurs. Danser lui fut plus pénible à supporter que toutes les blessures qu'on lui avait infligées jusqu'à maintenant. Il s'efforça de ne pas marcher sur les pieds de Servia et il y parvint… presque !

À la fin de la danse, il s'excusa, demanda à l'un des gardes de s'occuper de la reine et sortit au plus vite de la salle de bal. Il marchait rapidement dans le corridor, lorsqu'il entendit la voix de Servia. Il s'arrêta.

— Keiko, attends-moi.

Elle le rejoignit et ils entrèrent dans un petit salon qui se trouvait à leur droite.

— Tu voulais me ridiculiser, c'est ça ? demanda Keiko en colère.

— De quoi parles-tu ? dit-elle, surprise de son attitude.

— Je parle de la danse, bien sûr. Tu sais que je suis un danseur exécrable et tu m'invites devant toute la cour.

— Je l'ai fait pour toi, grand bêta, lui dit-elle en lui assénant une claque sur l'épaule.

La colère commençait à la gagner aussi.

— Je voulais montrer à tous que tu es mon préféré. Surtout, je voulais rendre la monnaie de sa pièce à ce Basil.

Keiko poussa un soupir et demeura quelques instants pensif.

— Je ne suis pas sûr que la vie de château soit faite pour moi, dit-il en passant une main dans ses cheveux. Toi, tu sembles bien t'en tirer. J'aimerais tellement que nous soyons de retour sur la route ensemble. Je me rappelle que nous nous retrouvions au froid et à la pluie la plupart du temps, mais au moins, nous dormions ensemble. Depuis que nous sommes ici, nous avons passé toutes les nuits chacun dans notre chambre.

— Ce n'est que pour un temps, dit Servia. Je suis sûre que la Dame Blanche aura bientôt une nouvelle mission à nous confier et que nous repartirons sur les chemins comme avant.

Elle posa une main sur l'avant-bras de Keiko.

— Il y a un moyen pour que nous puissions passer toutes nos nuits ensemble, même lorsque nous sommes au château, ajouta-t-elle avec un sourire espiègle.

— Lequel ? demanda Keiko, une lueur dans les yeux.

— Tu n'as qu'à m'épouser, dit Servia qui éclata de rire en voyant les yeux arrondis de son ami.

Elle s'approcha de lui et ils firent la paix en s'étreignant longuement.

— Nous devons retourner au bal maintenant, les invités vont se poser des questions.

Quand ils entrèrent dans la salle de bal, Lucius les attendait.

— Ah ! Majesté ! Je vous cherchais. Voudriez-vous venir dans la salle du trône immédiatement ? Nous venons de recevoir des nouvelles inquiétantes. Un messager arrivant du sud nous dit que le royaume a été attaqué.

— Attaqué ? répéta Servia. Par qui ?

— Par la reine de Brandan. La guerre est à nos portes.

XIX

MESSAGERS

Servia prit Lucius à part, alors que le Conseil de guerre faisait une brève pause.

— Je connais un peu le maître d'armes, je me suis entraînée avec lui, mais je ne savais pas qu'il était aussi le général de l'armée de Ferrolia, dit-elle. Il me semble compétent dans l'enseignement du maniement de plusieurs armes, mais l'est-il comme général ? D'après vous, dois-je considérer ses suggestions et ses stratégies ?

— Je ne vois personne d'autre dans le royaume qui pourrait mieux remplir cette fonction. Il a appris du général Klava, un vétéran qui l'a bien préparé. Zorta n'a pas connu beaucoup d'affrontements, puisque le royaume est en paix depuis plusieurs décennies, cependant, il a beaucoup étudié le sujet. Oui, je crois que nous devons porter une attention particulière à ses conseils.

Servia poussa un soupir. Lucius l'observa avec compassion.

— Ma pauvre enfant, dit-il en posant une main sur son épaule. Vous arrivez à un bien mauvais moment. Je sais que c'est très lourd pour vous qui êtes reine depuis si peu de temps.

— Il y a un mois, je ne savais même pas que j'étais de descendance royale, dit-elle en frottant ses yeux fatigués. J'ai l'impression de descendre une pente en courant et que mon élan m'entraînera irrémédiablement dans une douloureuse chute.

Lucius lui pressa l'épaule pour la réconforter.

— Vous pouvez aller vous reposer un peu, je doute que le Conseil s'achève bientôt, dit-il. Je peux prendre la relève si vous voulez.

La jeune fille secoua la tête.

— Non, je tiens à rester. Ce n'est pas que je n'ai pas confiance en vous, mais la situation est grave et je veux être impliquée dans le processus de décision. Retournons à la table. Le plus tôt nous recommencerons, le plus tôt nous pourrons gagner nos lits.

Le Conseil de guerre s'étira presque jusqu'à la fin de la nuit. On y retrouvait bien sûr la reine et Lucius, ainsi que Keiko qui ne la quittait jamais, Mélénil, Ulbar, Zorta et deux de ses officiers, en plus de Joshua et de la baronne Savanna. À eux s'était joint le messager qui leur avait apporté la terrible nouvelle. Il leur avait annoncé que l'armée de Brandan avait saccagé plusieurs villages, éliminant facilement les quelques miliciens qui s'étaient opposés à eux. L'ennemi ne faisait pas de prisonnier, leurs soldats tuant autant les hommes que les femmes et les enfants. Il était impossible pour l'instant de deviner le nombre de soldats qui marchaient en direction de la capitale, mais on rapportait que leurs colonnes s'étiraient sur plus d'un kilomètre. Quand il eut terminé son rapport, l'agent quitta la salle pour aller prendre un repos bien mérité.

Il fut décidé que Zorta verrait à la mobilisation des guerriers et qu'il dépêcherait des coursiers afin d'exhorter tous les hommes d'armes du royaume à se préparer à la guerre. La baronne Savanna s'occuperait de l'approvisionnement en nourriture, en outils et en armes. Servia et Lucius devaient annoncer la nouvelle aux habitants de la ville.

Les troupes avaient pour mission de gagner le sud par les terres et par bateau. On décida aussi d'envoyer un diplomate afin de rencontrer la reine guerrière et de lui demander ses exigences et les raisons de cet assaut. Joshua insista pour être un des émissaires.

— Le temps est mauvais depuis plusieurs jours et le vent n'indique pas que ça va s'améliorer, avait-il dit, il est risqué de prendre la mer. Nous devrons donc y aller à cheval et, sans vouloir me vanter, je suis l'un des meilleurs cavaliers de Ferrolia.

Un peu plus tard, en plein cœur de la nuit, le jeune noble accompagné d'un homme d'armes quittait le château en direction du sud, au grand galop, comme si tous les monstres d'Arménis étaient à leurs trousses.

❋

Le peu de temps libre dont Servia disposait, elle le passait le nez dans les livres de la bibliothèque, lisant tout ce qu'elle pouvait trouver sur le royaume de Brandan. Keiko partageait généralement ses moments de lecture. Peu à peu, il devenait plus à l'aise, lui qui, peu de temps auparavant, était complètement analphabète. Ces instants de silence contrastaient radicalement avec l'infernal tourbillon d'activités au château et dans la ville entière.

Elle apprit beaucoup de choses sur cette société matriarcale qui menaçait Ferrolia. Elle grimaça lorsqu'elle découvrit qu'il s'agissait d'un peuple guerrier favorisant l'esclavage et fut surprise de constater que Brand, leur dieu, était en fait le même que celui que l'on nommait ici Ignès. La jeune fille découvrit également l'existence des Vierges de fer, l'élite de la reine Célias.

Elle songeait aussi à Joshua, se demandant si son ami allait bien, puis elle s'imagina, elle, menant les armées du royaume à la guerre contre l'envahisseur. L'idée ne lui plaisait pas, mais elle ne demeurerait certainement pas derrière si ses troupes devaient se lancer contre l'ennemi.

« Keiko sera à mes côtés, songea-t-elle. » Cette pensée la réconforta.

— Keiko, dit-elle, si nous allons à la guerre, est-ce que tu te battras avec ton épée ou sous ta forme d'ours ?

Le jeune garçon leva les yeux de son livre.

— Je n'en sais rien, répondit-il en haussant les épaules.

— Il nous faudra chacun une armure, ajouta Servia. J'y pense, nous pourrions demander qu'on te fasse une armure pour ta forme d'ours. Ça pourrait te protéger un peu.

— J'ai des doutes, dit Keiko en faisant la moue. Je crains que ce soit trop lourd et que je sois moins rapide.

— Avec ta force, le poids ne m'inquiète pas. Je vais m'informer. Je pense que ce serait une bonne chose, tu as déjà suffisamment de cicatrices. Quelques-unes, c'est joli, mais là…

Keiko la regarda, les sourcils arqués.

— Tu trouves vraiment que j'ai trop de cicatrices ?

Servia éclata de rire, puis elle alla s'asseoir sur ses genoux, face à lui, avant de l'embrasser passionnément.

❋

Célias se reposait en sirotant une coupe de vin dans la tente qu'on venait de lui ériger. La reine de Brandan était satisfaite de la progression de ses troupes. Elle avait pu saisir un peu moins de bétail que prévu, à peine quelques centaines de têtes, qu'elle avait aussitôt fait envoyer vers Tarsa. Néanmoins, ses coffres s'emplissaient lentement, mais assurément d'or et de bijoux. Aucune résistance sérieuse n'avait entravé leur avancée vers le nord. À ce rythme, elle se retrouverait dans quelques jours aux portes de la capitale.

Elle se doutait bien que Ferrolia ne tomberait pas si facilement, et que bientôt, des soldats du royaume s'opposeraient en nombre à ses forces. Du talon, elle retira ses bottes de cuir tout en buvant son vin. Elle poussa un soupir de soulagement en étirant ses longues jambes ankylosées par les journées à cheval. Beretta, la doyenne des Vierges de fer, pénétra à cet instant dans la tente.

— Ma reine, dit-elle, deux cavaliers ferroliens viennent de se présenter au camp sous le drapeau blanc. Ils disent qu'ils arrivent de la capitale et ils désirent vous parler.

Célias se redressa rapidement et s'empressa d'enfiler ses bottes.

— Faites-les entrer, mais qu'ils soient escortés par six d'entre vous, dit-elle.

Beretta s'inclina, puis sortit. Elle revint quelques minutes plus tard, accompagnée de guerrières escortant les émissaires, l'un jeune et l'autre d'âge moyen, probablement dans la mi-trentaine. La reine fut surprise de voir que le plus jeune s'adressa à elle et non celui qui semblait le plus expérimenté.

— Reine de Brandan, dit-il en s'inclinant. Je me nomme Joshua et je suis membre de la cour de Ferrolia. Éric, soldat de Ferrolia, m'accompagne.

Célias les observa attentivement. Ils étaient couverts de poussière et de boue, et des cernes noirs se dessinaient sous leurs yeux. Ils avaient dû chevaucher à un rythme effréné depuis la capitale, s'arrêtant seulement pour dormir un peu et changer de monture.

— Je vous écoute, lui répondit-elle.

— La reine Servia m'envoie quérir les raisons de vos attaques contre le royaume?

— La reine, dites-vous ? s'étonna Célias. Je croyais que Ferrolia était dirigé par un roi.

— Le roi est mort et c'est maintenant Servia, sa fille, qui lui succède, déclara Joshua. La reine demande que vous rebroussiez chemin et que vous retourniez dans votre royaume dès que possible, sans quoi de sévères représailles seront envisagées.

Célias se leva lentement de son siège pour s'avancer vers eux. Les Vierges de fer qui les surveillaient connaissaient bien leur reine et la signification du sourire qui lui donnait un air de supériorité. Joshua fut surpris de découvrir que la reine le dépassait de plusieurs centimètres, lui qui n'était quand même pas de petite taille. Des gouttes de sueur perlaient sur le front du jeune émissaire, néanmoins, il gardait les yeux braqués sur Célias.

— Quelle réponse devons-nous transmettre à notre reine ? demanda Joshua après un long moment de silence.

— Dites-moi, soldat, reprit-elle en s'adressant à Éric qui était demeuré silencieux depuis leur arrivée, de quoi a l'air votre nouvelle reine ?

Éric fut déstabilisé par cette question inattendue.

— Elle est jeune, belle et intelligente. Ce sera assurément une bonne souveraine. Elle est déjà appréciée du peuple de Ferrolia.

— Seriez-vous prêt à mourir pour elle ? demanda Célias en continuant de tourner autour des Ferroliens comme un fauve autour de sa proie.

— Oui, répondit Éric sans hésiter, en se tenant fièrement, le dos droit. Je suis prêt à donner ma vie pour elle et pour mon royaume comme…

Vive comme un chat, Célias dégaina un couteau et trancha la gorge d'Éric, qui termina sa phrase dans un gargouillis de sang. Joshua porta la main à son épée, puis il se ravisa. Six armes étaient pointées sur lui, sans compter qu'il avait le couteau de la reine sur la gorge.

— Pourquoi avez-vous fait ça ? demanda-t-il avec colère. Vous avez violé la loi du drapeau blanc qui garantit l'immunité à ses porteurs.

La reine approcha son visage si près qu'il sentit son haleine et son parfum épicé. Il vit en détail son visage délicat, ses boucles d'oreilles et l'anneau en or dans sa narine droite. Elle était belle, mais très dangereuse, comme il venait de le constater.

— Mon petit noble, dit Célias. Les lois, c'est moi qui les fais. Je ne suis l'esclave d'aucune autre loi que celles que je décrète. Voici ma réponse pour votre reine. Les Brandéens ne négocient pas. Allez lui dire qu'au moment où j'arriverai aux portes de la capitale, elle devra se soumettre ou son peuple sera réduit à l'esclavage. Courez vite le lui dire. Je vais même vous donner quelque chose pour lui prouver mon sérieux.

D'un mouvement rapide du poignet, elle lacéra le visage de Joshua. Son coup en diagonale courut du sourcil droit jusqu'à son menton. Paralysé par la douleur, le noble avait senti la lame racler l'os de son arcade sourcilière, juste avant que le sang coulant de sa blessure l'aveugle. Il réprima un cri de douleur.

— Faites-lui un pansement et escortez-le hors du camp. S'il résiste le moindrement, tuez-le, dit Célias en se détournant et en reprenant sa place dans son fauteuil.

Joshua fut emmené, tandis que Célias songea aux nouvelles qu'elle venait d'apprendre tout en regardant, sans le voir, le corps inanimé d'Éric. Le royaume de Ferrolia était dirigé par une nouvelle reine, toute jeune et sûrement peu versée dans les arts de la guerre. Elle espérait que la vue de la cicatrice de son messager et la mort du second lui inspireraient de la crainte. Elle prit sa coupe, dont elle avala le contenu d'un trait. Ces nouvelles étaient prometteuses. Le temps que le message parvienne à la capitale et que l'adversaire mette en branle son armée, elle aurait déjà pillé la moitié du royaume.

XX

PRÉPARATIFS

Joshua vacillait sur sa selle, autant de fatigue qu'en raison de sa blessure, qui s'était infectée. Il avait quitté le camp des Brandéens trois jours auparavant. Vaillamment, il tentait de faire fi de la douleur, de la fatigue et de la faim afin d'avertir la reine, le plus tôt possible, des intentions de l'envahisseur. Il sentait le sang battre à ses tempes et des gouttes de sueur coulaient sur son visage malgré la fraîcheur du matin. La fièvre le gagnait et il se demanda s'il réussirait à atteindre Ferrolia.

— Je dois trouver quelqu'un qui portera le message à Servia, soliloqua-t-il. Mes forces m'abandonnent… Je ne suis pas sûr de pouvoir y arriver.

Seule sa colère, engendrée par le traitement reçu et la mort d'Éric, le poussait de l'avant. Sur la route, il avertissait tous les gens qu'il croisait du danger imminent. La veille, il avait déniché un cheval pour remplacer le sien, épuisé. Mais déjà, celui-ci montrait des signes de fatigue. Une écume blanche recouvrait sa robe détrempée, là où les courroies de la selle passaient et où frottaient les rênes contre son cou. Ses narines dilatées laissaient entrer l'air à pleins poumons.

Joshua songea à la longue route qui lui restait avant d'atteindre la capitale. Il serra les dents et poussa sa monture. Il parvint au sommet d'une colline, et pendant un instant, il crut que la fièvre le faisait halluciner. Dans la vallée qui s'étendait sous lui, il vit un campement immense. Des étendards distinctifs flottaient dans la brise matinale, celui de l'épervier blanc sur fond vert, et à ses côtés, le château surplombant les vagues, emblème du royaume de Ferrolia. Le cœur du jeune noble bondit de joie. Il se demanda comment cela était possible. Il mit ses questions de côté et dévala la pente. Il aperçut les sentinelles qui, repérant sa présence, accoururent vers lui.

❋

— Que Ferrol soit béni. Vous êtes là…

On l'amena à la tente royale où se trouvaient Servia, Keiko et le général Zorta.

— Nous n'avons pas attendu votre retour, répondit le général, avant que Servia l'arrête d'une main levée.

— Les questions peuvent attendre un peu, dit Servia en regardant le pansement imbibé de sang et de pus qui recouvrait une partie du visage de Joshua. Nous devons d'abord te soigner. Ce sont les Brandéens qui t'ont fait ça ?

— La reine elle-même, répondit-il en hochant la tête.

— Appelons un prêtre qui pourra le soigner, fit Zorta.

— J'ai une meilleure idée, dit Servia en s'avançant et en passant le bras de Joshua sur ses épaules.

Keiko vint aider sa compagne afin de soutenir le noble qui tenait à peine sur ses jambes flageolantes. Ils sortirent de la tente, le général les suivit. Brega releva la tête et brama en apercevant sa maîtresse.

— Brega, dit Servia. Joshua est blessé. Peux-tu l'aider ?

Le noble, étonné, regarda la reine de son seul œil, se demandant où elle voulait en venir. Le petit âne trotta jusqu'à eux.

— Assieds-toi par terre et ne bouge pas, dit Keiko en aidant Joshua. Fais-nous confiance, ajouta-t-il en souriant, tu auras la surprise de ta vie.

Brega s'approcha, alors que Keiko retirait le bandage souillé qui recouvrait la blessure. Servia vit avec effroi que la plaie du jeune noble aurait dû être refermée avec des points de suture, qu'un simple pansement était nettement insuffisant considérant la gravité de la blessure. Elle vit des bourrelets de chair de chaque côté de l'entaille, qui avait pris une teinte brunâtre. Malgré une couche de sang craquelé, la plaie suintait de pus. Heureusement son œil n'avait pas été touché.

L'âne approcha son museau tout près de la plaie, sans y toucher, puis il releva la tête et alla rejoindre Servia qui le caressa, avant de retourner paître.

— Par tous les dieux ! s'exclama Zorta les yeux grands ouverts.

Joshua sentit un picotement, mais résista à l'envie de se gratter. Servia et Keiko souriaient.

— Quoi ? demanda Joshua, inquiet en voyant le général pantois. Je suis dévisagé, c'est ça ?

— Non... C'est que... l'âne vous a guéri, balbutia Zorta, il ne reste qu'une petite cicatrice.

— C'est l'un des dons que la Dame Blanche nous a offerts. Si vous regardez sur la fesse de Brega, vous verrez du poil blanc en forme d'épervier, comme s'il avait été marqué au fer à cet endroit.

Joshua porta une main à son visage et dut se rendre à l'évidence, le général lui avait dit la vérité. De plus, sa fièvre était tombée.

— C'est fantastique, dit-il en se levant, aidé de Keiko, et en allant caresser le front de l'âne. Je te promets une ration de pommes supplémentaires !

— Bien ! s'exclama Servia. Allons discuter sous la tente.

❋

Servia avait convoqué tous les officiers supérieurs, de même qu'Ulbar, grand prêtre de Ferrol, qui avait tenu à être de l'affrontement contre les Brandéens, accompagné d'une douzaine de prêtres expérimentés, et Lucius avait joint à cette assemblée deux magiciens reconnus.

Servia apprit à Joshua que c'était grâce à l'un d'eux si l'armée s'était mise en branle plus tôt que prévu. Le magicien avait vu dans sa boule magique, Éric, gisant au pied de la reine Célias. Les troupes furent aussitôt regroupées et les navires affrétés pour un départ immédiat vers le sud. La décision avait été facile à prendre pour Servia: elle répugnait à demeurer au château, inactive, alors que des habitants du royaume se faisaient massacrer par les Brandéens. Prendre la mer était risqué avec le mauvais temps qui sévissait et les bateaux des Ferroliens durent faire face à une mer démontée. Ils avaient progressé rapidement vers le sud, avec le vent du nord en poupe, puis avaient accosté la veille au soir, n'osant pas aller plus loin en bateau, alors que le vent soufflait de plus belle. Servia avait décidé qu'il valait mieux poursuivre à pied, ce qui fit le bonheur de Brega. Lucius et Mélénil étaient demeurés dans la capitale.

Joshua rapporta sa rencontre avec la reine de Brandan, puis Zorta le bombarda de questions sur les forces en présence.

— Nous avons pu observer leur camp à distance, assez longtemps avant de nous présenter à eux, précisa Joshua. Ils sont très nombreux, je dirais plus de six mille têtes. De ce nombre, je ne pourrais dire combien sont des esclaves. Nous avons aussi vu plusieurs chevaux, ils ont donc une cavalerie. C'est malheureusement tout ce que je peux vous dire. La reine Célias est impitoyable et n'a aucun scrupule. Elle est venue pour prendre Ferrolia, je n'en ai aucun doute.

— Je suppose qu'ils ne font pas confiance aux esclaves pour combattre à leurs côtés, dit le général Zorta, nous n'avons donc pas à les considérer dans notre plan. Nous pouvons alors penser qu'ils seront plus de cinq mille guerriers, dont leurs cavaliers.

— Nous disposons de combien de soldats ? demanda Servia.

— Nous n'avons que trois mille fantassins, quatre cents cavaliers et autant d'archers. C'est tout ce que nous sommes parvenus à réunir en un si court laps de temps. Deux semaines de plus et nous aurions pu doubler nos effectifs.

— Pouvons-nous les vaincre, même si nous sommes inférieurs en nombre ? Je me refuse à attendre nos renforts alors que les nôtres sont massacrés.

— Avec l'effet de surprise et un bon plan d'attaque, assurément, déclara le général pour la rassurer. Nous pouvons choisir notre terrain et les attendre. Outre l'effet de surprise, nous avons l'avantage de compter plus d'archers qu'eux. Les Brandéens n'en ont jamais beaucoup au sein de leurs armées, si les ouvrages que j'ai consultés disent vrai. De plus, leurs arcs courts ont une moins grande portée que les nôtres. Si nous arrivons rapidement à nous emparer de leurs bannières, et si nous réussissons à éliminer leur reine, la partie sera gagnée.

Servia demeura songeuse.

— Si seulement nous pouvions infiltrer le camp des esclaves et les inciter à profiter de notre attaque pour se rebeller, ça nous donnerait un bon coup de main.

— L'idée est bonne, mais il ne faut pas compter là-dessus, dit le général en secouant la tête. Premièrement, nous n'avons pas le temps, et deuxièmement, c'est trop risqué: l'un d'eux pourrait parler.

— Il ne faut pas non plus négliger l'apport des prêtres de Ferrol, ajouta Ulbar. Mes hommes peuvent guérir les blessés, mais ils peuvent aussi être utiles au combat.

Un sourire presque imperceptible se dessina sur les lèvres de Zorta, alors qu'un plan germait dans son esprit. Il pensait bien connaître les tactiques de l'ennemi et il comptait profiter de ses connaissances.

— Bien, dit Servia, je me fie à vous, général Zorta. Trouvez-nous une stratégie pour repousser cet envahisseur. Arrangez-vous pour que je puisse m'occuper personnellement de la reine Célias.

— On la dit forte, déclara l'un des officiers. On raconte qu'elle est une guerrière chevronnée.

— Parfait, on ne peut en dire autant de moi, elle s'attendra donc à trouver une proie facile lorsque nous serons face à face, répliqua Servia. Keiko sera avec moi.

— Moi aussi, intervint Joshua, du feu couvant dans son regard. J'ai un compte à régler avec Célias.

Servia observa le visage balafré du noble. Elle hocha la tête, alors qu'elle le regardait.

— Les Brandéens regretteront leur attaque et ils se repentiront d'avoir tué et blessé nos messagers, dit-elle sur un ton déterminé.

Les personnes présentes poussèrent des cris d'approbation.

— Nous avons beaucoup à faire, reprit Zorta, et seulement quelques jours pour nous préparer. Premièrement, il faut trouver l'endroit idéal pour l'affrontement et nous mettre en place avant que leurs éclaireurs nous repèrent.

XXI

REINE CONTRE REINE

À plat ventre au sol, Célias observait les forces ennemies, massées au fond de la vallée, avec un sourire en coin. Elle conclut que si les troupes de la reine de Ferrolia se trouvaient déjà ici, les messagers que Servia lui avait envoyés n'étaient qu'un leurre, afin de gagner du temps, et de lui laisser croire que l'armée royale se trouvait encore loin.

« Ainsi, ils espèrent me surprendre, songea-t-elle. »

Ses éclaireurs l'avaient bien renseignée. Le contingent de Ferrolia était inférieur en nombre par rapport à son armée, qui l'attendait derrière la crête. Beretta vint la rejoindre en rampant.

— Je crois qu'ils attendent d'autres effectifs pour gonfler leurs rangs, dit Célias.

— Dans ce cas, il faut les attaquer immédiatement avant que l'aide leur parvienne, suggéra Beretta.

— Je suis d'accord, mais il nous faut prendre des précautions, au cas où des forces supplémentaires nous tomberaient dessus, alors que nous serons aux prises avec celles qui se trouvent déjà dans la vallée. Envoie des éclaireurs rapides à l'est et à l'ouest. Qu'ils reviennent à toute vitesse nous avertir s'ils aperçoivent d'autres troupes. Nous aurons ainsi le temps de modifier notre stratégie ou de battre en retraite.

— D'accord, j'y vais.

— Attends un peu, Beretta. Dis-moi ce que tu remarques en observant cette armée ?

Beretta scruta l'armée ferrolienne pendant quelques instants. Elle voyait un corps d'infanterie formant une ligne et une petite unité de cavalerie de chaque côté. À l'arrière s'étirait une imposante ligne d'archers. Les forces adverses étaient situées au centre de la vallée et de chaque côté s'élevaient des terrains boisés assez clairsemés.

— Ils ont plus d'archers que nous, mais pas suffisamment pour faire pencher la balance en leur faveur. Ils semblent prêts au combat, peut-être nous ont-ils vus arriver. Si tel est le cas, ils ont dû l'apprendre il y a peu de temps et ils n'auront pas eu la possibilité de se déplacer. Aucun officier ne choisirait pareil endroit pour se défendre. Si nous parvenons à les repousser, ils seront acculés à la pente opposée et ce sera un massacre.

— C'est bien ce que je crois aussi, dit la reine. Fais passer l'ordre, nous les attaquons dans une heure.

Servia vit les forces de Brandan descendre la colline dans un ordre parfait, témoignant d'une grande discipline chez ces soldats. Malgré les plans échafaudés, elle craignait pour ses hommes, qui devraient se mesurer à des effectifs plus élevés en nombre. Elle se tenait sur son cheval, complètement à l'arrière des rangs d'infanterie composés de soldats en cottes de maille et d'armures de plates. Ils étaient armés de lances et tous portaient à la ceinture une épée longue. Devant eux, ils tenaient des boucliers de métal. Cette partie de l'armée subirait l'impact de la charge ennemie.

À ses côtés se tenait Keiko, sous sa forme d'ours. On était parvenu à lui fabriquer d'urgence une armure de mailles qui lui couvrait complètement le dos, le cou et le dessus de la tête. Le tout était retenu par des sangles de cuir, attachées sous son ventre. Pour prévenir les blessures lorsqu'il se dressait sur ses pattes arrière, on avait ajouté une plaque de métal mince, qui lui couvrait la poitrine. Sur son front dépassait une pointe de métal, affûtée comme un couteau. De l'autre côté de Servia se tenait Joshua, monté sur un magnifique destrier noir qui piaffait d'impatience, et juste derrière, attendaient les porte-étendard. Le drapeau de l'épervier et celui de Ferrolia claquaient sous le vent violent de cette matinée pluvieuse.

Ils virent l'armée brandéenne se mettre en rang. Leur infanterie, beaucoup plus nombreuse, s'aligna devant celle de Ferrolia. Sur chaque aile se groupa la cavalerie. Une trentaine de cavaliers et une cinquantaine de fantassins demeurèrent en réserve à l'arrière, accompagnés de la reine et des Vierges de fer. La reine Célias, confiante en la suprématie de son armée, voulait y aller force contre force.

Tenez-vous prêt, ça va commencer, dit mentalement le général Zorta à tous ses officiers, ainsi qu'à Ulbar et à Servia.

Il avait réservé les talents d'un des magiciens, afin de transmettre mentalement ses ordres au cours de la bataille. Les sorts offensifs du magicien auraient sûrement beaucoup aidé les troupes, mais le plan de Zorta demandait une exécution précise. Il avait jugé préférable que le magicien demeure à l'abri, loin derrière les troupes, à rediriger ses ordres.

Dans l'armée de Brandan, un cor sonna et les soldats se mirent en marche, avançant inexorablement vers l'ennemi. Les Ferroliens les attendirent sans bouger. Keiko remarqua que dans les rangs, devant lui, plus d'un essuyait ses paumes humides sur son armure ou resserrait ses doigts sur le manche de sa lance. La nervosité les gagnait. Afin de répondre au cor sinistre des Brandéens qui se faisait encore entendre, il se dressa sur ses pattes arrière et poussa un cri retentissant que l'ennemi entendit. Loin derrière les troupes de Ferrolia, Brega voulut lui aussi répondre aux provocations du cor de Brandan. Il brama à répétition, mais ses manifestations d'appui ne furent entendues que du magicien qui transmettait les ordres de Zorta.

— Ne me fais pas perdre ma concentration, lança-t-il à l'âne.

Brega, penaud, baissa la tête, mais il la releva immédiatement et ses oreilles se dressèrent lorsqu'il entendit les premiers bruits annonçant le choc des armées.

Archers derrière l'infanterie, tirez, lança Zorta.

Son ordre fut transmis et les archers ferroliens décochèrent leurs flèches. Le général voulait profiter de la portée accrue de leurs arcs longs. La pluie meurtrière s'abattit sur le camp adverse. Afin d'être soumise le moins longtemps possible à ce tir incessant qui clairsemait ses soldats, la reine Célias ordonna à ses troupes de charger.

Les premiers rangs de son armée se brisèrent sur les lances ferroliennes. Une volée de javelots et de flèches obscurcit le ciel et vint faucher plusieurs soldats de Ferrolia. De chaque côté, les épées furent dégainées et le corps à corps débuta. Sur les flancs, les cavaleries de taille comparable croisèrent le fer.

Après quelques minutes, l'avantage numérique des Brandéens obligea l'infanterie de Ferrolia à se replier. Les shamans envoyèrent des boules de feu au centre de la formation adverse, causant de lourdes pertes chez les Ferroliens.

Servia entendit Zorta exhorter ses troupes à garder leur calme et à maintenir l'ordre dans les rangs. La reine sortit son arc et commença à lancer ses projectiles sur les troupes de Brandan. Devant elle, le centre de son infanterie perdait du terrain. Les Brandéens se rapprochaient rapidement de sa position. Les rangs des soldats ferroliens ne formaient plus une ligne, mais un *V*, infléchi au centre. Célias vit qu'elle avait la possibilité de s'en prendre à la reine, sa rivale, et de porter le coup de grâce à l'ennemi. Elle s'élança vers l'ouverture avec ses forces de réserve.

Maintenant ! cria Zorta, même si le fait de crier s'avérait superflu, étant donné que ses ordres étaient transmis de façon télépathique.

Des terrains boisés situés de chaque côté sortirent une cinquantaine d'archers ferroliens. Ceux à gauche tirèrent sur les soldats qui accompagnaient la reine, alors que sur le flanc droit, on visait les shamans. Le second magicien se trouvait parmi ces hommes et ses éclairs balayèrent les forces adverses. La reine Célias vit plusieurs des siens crouler sous les flèches ou atteints par les sorts du magicien. Elle envoya ses Vierges de fer vers les archers, pendant qu'elle continuait sa course, poussant ses forces au centre de la formation adverse qui faiblissait. Elle pouvait apercevoir la reine, au loin, et elle encouragea ses soldats à courir dans cette direction.

À nous *de jouer*, dit Zorta avec calme.

Il sortit de la colline boisée, à gauche de leur formation, accompagné d'une cinquantaine de cavaliers et de cent cinquante fantassins rapides, en armure de cuir légère. Ils prirent de vitesse les forces ennemies qu'ils contournèrent, coinçant les Brandéens entre le marteau et l'enclume. La manœuvre n'arriva pas trop tôt, car les rangs de soldats ferroliens s'affaiblissaient rapidement. Keiko se lança dans la mêlée, jouant des crocs et des griffes, renversant les soldats, comme s'ils n'étaient que des poupées de chiffon. Les Brandéens, apeurés, fuyaient en voyant cette bête gigantesque en furie. Joshua s'élança à sa suite et sa colère était telle qu'il fit payer aux Brandéens les mauvais traitements subis.

Quelques rangées de soldats seulement séparaient les deux reines. Servia vit Célias qui l'observait en s'avançant, le bras tendu vers l'arrière, prête à lancer son javelot dès qu'elle serait à portée. Son cheval bousculait les fantassins, autant amis qu'ennemis, qui se trouvaient sur son passage. Servia poussa sa jument brune vers l'avant, à la rencontre de la reine guerrière. Elle leva son arc pour tirer en pleine course, comme le lui avait enseigné Zorta, mais Célias fut la plus rapide. Sa lance pénétra dans le poitrail du cheval de Servia, qui s'écroula. La jeune fille, projetée vers l'avant, chuta lourdement. Sa tête heurta le sol et elle vit des lumières danser devant ses yeux. Elle devait se relever rapidement. Elle imaginait Célias s'approchant pour lui porter le coup de grâce. Elle se redressa péniblement, mais étourdie, elle retomba au sol.

Keiko vit son amie chuter de loin et accourut vers elle en poussant un grognement. Célias s'approchait rapidement de Servia, et il savait qu'il n'arriverait pas à temps pour intervenir.

J'aurais dû demeurer près d'elle, ragea-t-il.

Ce fut Joshua qui intervint en premier. Il venait d'être désarçonné et il s'était retrouvé parmi les combattants. Lorsque Célias passa tout près de lui, il trancha de son épée le jarret arrière droit de sa monture. La reine de Brandan fut à son tour projetée au sol, mais avec une dextérité remarquable, elle absorba l'élan de sa chute en roulant sur elle-même. Elle fut sur pied en un clin d'œil. Joshua bloqua de justesse une lame qui s'abattait sur lui. Il reconnut Beretta qui voulait lui faire payer son assaut envers sa reine.

Le jeune noble poussa un cri de colère et martela de son épée le bouclier de la Vierge de fer. Elle retrouva bientôt son équilibre et se défendit, forçant même Joshua à reculer.

À l'arrière, la cavalerie de Zorta venait d'éliminer l'aile droite de l'adversaire, et ses hommes fendaient déjà le flanc droit des Brandéens. C'est également à ce moment que les prêtres de Ferrol, Ulbar à leur tête, firent sentir leur présence, alors que chez l'ennemi, les shamans avaient tous été éliminés par les archers et par le magicien. Grâce aux sorts des fidèles de Ferrol, des dizaines d'ennemis se retrouvèrent paralysés, à la merci de leurs adversaires alors que d'autres virent des torrents de feu naître sous leurs pieds et les consumer en quelques secondes. Ulbar trouva ironique d'éliminer par le feu les soldats d'un peuple qui vénérait Ignès.

— Pour Ferrol, cria-t-il, avant qu'un javelot l'atteigne et qu'il s'effondre.

Servia recouvra ses esprits, juste à temps pour voir Célias debout, une épée à la main, s'avançant vers elle avec détermination, une lueur meurtrière au fond des yeux. Elle chercha désespérément son arc et l'aperçut, sur le sol, à plusieurs mètres d'elle. N'ayant pas d'autre choix, elle se résolut à attraper la garde de son épée pour la tirer du fourreau.

« J'aurais préféré avoir mon arc, songea-t-elle. »

À sa grande surprise, sa main ne se referma pas sur la poignée de son épée. Elle sentit le bois lisse et familier de son arc. Elle ne comprenait pas comment elle était parvenue à saisir son arme de prédilection, mais ce n'était pas le moment de se poser de telles questions. Saisissant une flèche magique, elle la décocha en direction de Célias qui s'était arrêtée et la regardait, bouche bée. Le projectile fendit l'air humide et ne fut nullement dévié par le fort vent soufflant du nord. Il termina sa course à travers le biceps de Célias, qui poussa un hurlement de douleur et posa un genou par terre.

En entendant ce cri, Beretta abandonna aussitôt son combat contre le jeune garçon qu'elle était parvenue à blesser légèrement et se précipita au secours de sa reine. Elle vint soutenir Célias qui s'appuya lourdement contre elle.

— Elle a la magie de son dieu avec elle, dit la reine d'une voix faible.

Beretta ne comprit pas ce que la reine voulait dire. Elle jeta un coup d'œil aux alentours et vit que leur armée menaçait de s'effondrer, alors que leurs troupes étaient prises entre les cavaliers et l'infanterie ferrolienne. Elle donna le signal, et le cor, qui avait auparavant annoncé l'attaque, sonna la retraite.

L'armée brandéenne était trop expérimentée pour se replier en débandade. Ils reculèrent en resserrant leurs rangs autant que possible.

Laissez-les se retirer pour l'instant, ordonna Zorta.

Il savait que ses soldats étaient exténués et que nombre d'entre eux étaient blessés, sinon morts. Ils n'étaient donc pas en mesure de poursuivre l'armée ennemie. Il fallait se regrouper et estimer l'étendue des pertes. Il s'assura tout de même de porter un dernier coup à l'adversaire.

Archers, tirez à volonté, ajouta-t-il.

Les flèches plurent, tuant plusieurs douzaines de Brandéens avant qu'ils soient hors de portée.

Servia appela le magicien afin qu'il l'aide d'un sort à amplifier sa voix, de manière à ce qu'elle soit entendue à plus d'une lieue à la ronde.

— Brandéens, cria-t-elle. Je suis Servia, reine de Ferrolia. Si je vous retrouve à l'intérieur de mes frontières, je vous éliminerai, puis je me rendrai à Tarsa, et cette fois, ce ne seront pas les feux de Brand qui ravageront votre capitale, mais ceux allumés de nos propres mains. Je m'adresse maintenant à tous les esclaves. Vous pouvez demeurer dans mon royaume. Nous vous donnerons des terres et nous vous traiterons correctement, tant que vous respecterez nos lois. Ici, l'esclavage n'existe pas.

L'énoncé de Servia fut accueilli par des cris de victoire et de joie, qui se mêlèrent aux larmes de ceux qui venaient de perdre un être cher au cours de cette bataille.

XXII

LE PRIX À PAYER

La journée tirait à sa fin et Zorta arpentait le champ de bataille. Les soldats blessés étaient soignés selon la gravité de leur condition, qu'ils soient Ferroliens ou Brandéens. Les hommes de l'envahisseur étaient faits prisonniers. Le général savait bien que s'ils avaient perdu, les Brandéens les auraient tout simplement assassinés ou réduits à l'esclavage. Il refusait d'agir de la sorte et il savait bien que la reine partageait son opinion à ce sujet.

Le général ordonna que soient séparés les corps des Ferroliens de ceux des Brandéens. Une fosse commune fut creusée pour les guerriers du royaume avec la bénédiction des prêtres de Ferrol. Ils élevèrent un tertre où ils déposèrent une lourde pierre sur laquelle était gravé:

Ici reposent les enfants de Ferrolia qui ont donné leur vie pour la liberté de leur pays. Que notre saint patron, le divin Ferrol, accueille ces âmes et veille sur elles pour l'éternité.

Les corps des Brandéens furent empilés sur plusieurs énormes bûchers. Les prêtres les bénirent également, même s'ils étaient fidèles à un autre dieu, puis allumèrent les brasiers, qui les consumèrent.

❋

Zorta se dirigea ensuite vers la tente royale où l'attendaient la reine ainsi que Keiko et Joshua.

— Général, dit Servia en levant la tête, quelles sont les pertes ?

Zorta discerna bien la lueur d'anxiété dans les yeux de sa souveraine.

— C'est presque miraculeux, dit-il en s'assoyant à la table à l'invitation de la reine, alors que Joshua lui versait déjà une coupe de vin. Je crois que l'armée adverse a perdu près de la moitié de ses effectifs. De notre côté, la proportion est nettement meilleure. Nous avons perdu un peu plus de mille hommes, soit moins du tiers de nos forces. C'est une grande victoire.

Mais ni le général ni personne n'avaient envie de se réjouir. La nouvelle était certes bonne, mais il pensait à tous ces pères, ces frères et ces enfants que leurs familles ne reverraient plus.

— À nos hommes, qui y ont laissé leur vie ! dit Servia en levant sa coupe, imitée par ses convives. Toutes mes félicitations, général, vous avez fait du bon travail.

— Le mérite revient au courage de nos soldats, répondit-il avec modestie.

— Il faudra trouver un moyen de les récompenser. Je vais faire en sorte que les familles des soldats tombés au combat ne manquent de rien, ajouta Servia, songeuse.

— Je ne crois pas que les Brandéens reviennent, ajouta Zorta. Vous avez sérieusement blessé leur reine et je crois qu'elle voudra soigner ses blessures au plus vite. De toute façon, le contingent de cavaliers que j'ai envoyé à leur suite devrait les inciter à franchir la frontière rapidement. Ces cavaliers sont tous d'habiles archers qui les harcèleront s'ils ne se hâtent pas à notre goût.

Le général prit une gorgée et poussa un soupir avant de continuer.

— Quand désirez-vous lever le camp?

— Dès que nos blessés auront suffisamment récupéré pour supporter le voyage de retour. Je suis allée les visiter à l'aube et on m'a dit que d'ici quelques jours, la magie des prêtres de Ferrol et celle de Brega auront fait leur œuvre.

Zorta ne put s'empêcher de sourire en songeant à l'âne. Il l'avait vu, tard dans la nuit, les oreilles pendantes de fatigue, passer d'un blessé à l'autre afin de les guérir. Vers minuit, il s'était littéralement effondré à côté de l'une des tentes. Les soldats, tout d'abord médusés par son talent de guérisseur, avaient bien ri en l'entendant ronfler. Ils n'auraient jamais imaginé qu'une si petite créature puisse faire tant de bruit.

— Comment va Ulbar? demanda le général.

— Ses prêtres m'assurent qu'il s'en tirera. Il a été chanceux que le javelot n'atteigne aucun organe vital. On m'a dit que s'il avait été frappé tout juste à côté, le poumon aurait été transpercé.

— Nous avons quand même perdu de bons soldats, dont quatre de mes officiers, ajouta-t-il en baissant la tête.

— Le magicien, qui a attaqué les shamans, et dont je ne connais pas le nom, est aussi tombé au combat, déclara Keiko.

Il y eut un moment de silence.

— Qu'en est-il des esclaves? demanda Zorta en s'adressant à Joshua.

— Je me suis occupé d'eux. Ils sont environ cent cinquante à avoir rejoint nos rangs. Je me suis assuré qu'on leur fournisse à manger et que ceux qui en avaient besoin soient soignés. Je crois que d'autres nous rejoindront plus tard.

— Ceux qui désiraient retrouver leur famille nous ont déjà quittés avec des vivres, fit Servia. Les autres nous accompagneront jusqu'à Ferrolia. Ils décideront s'ils veulent des terres, joindre notre armée ou encore s'établir dans la capitale.

— Des troupes, composées de nos soldats et de ces hommes, correctement entraînés, pourraient garder nos frontières au sud, dit Zorta en souriant. La haine qu'ils entretiennent à l'égard des Brandéens est palpable. Je suis sûr que ces derniers y penseraient à deux fois avant de nous envahir et de se frotter à leurs anciens esclaves. Bon, je vais envoyer des messagers avertir les capitaines de nos bateaux que nous les rejoindrons sous peu, ajouta-t-il en se levant.

— Assoyez-vous général, lui ordonna Servia. Je m'en suis déjà occupée et vous avez bien mérité un peu de repos.

Keiko remplit les premières coupes, mais il restait tout juste assez de vin pour remplir la sienne.

— J'ai bien peur que nous ayons complètement vidé nos réserves de vin, dit-il en tordant l'outre.

— Les hommes ont apprécié la coupe de vin que vous leur avez offerte après la bataille, fit remarquer le général. Sauf votre respect, ce n'est pas votre père qui se serait privé de vin et de bonne nourriture pour récompenser ses hommes.

Servia ne sembla pas touchée par le compliment. Elle ajouta:

— Nous devrons nous contenter de boire de l'eau jusqu'à notre retour dans la capitale. Dites-moi, général, je me suis entraînée quelques fois avec vous, bien qu'alors, j'ignorais qui vous étiez, et je réalise que je ne sais presque rien de vous. Je suis sans doute indiscrète, mais avez-vous une famille, des enfants ?

— Tu n'avais qu'à me le demander, intervint Keiko avant de plonger le nez dans sa coupe.

— Te le demander ? répéta Servia en le regardant et en arquant les sourcils.

— Vous savez, dit Keiko en s'adressant aux personnes présentes, je me suis souvent entraîné avec des vétérans de la garnison. À l'occasion, je suis même allé prendre une bière avec eux. Vous n'avez pas idée comme les soldats sont bavards. Je sais tout de chacun des hommes, et surtout du général.

— Vraiment? fit ce dernier avec étonnement.

— Je connais toutes vos qualités, et surtout, tous vos défauts, lança Keiko.

— Mes défauts? Quels défauts?

— Je ne peux pas vous le dire, je trahirais mes compagnons d'armes. On m'a fait comprendre que les secrets entre soldats, c'est sacré.

Zorta regarda Keiko, les yeux pleins d'interrogations. Le jeune garçon porta de nouveau sa coupe à ses lèvres, sans cesser de regarder le général. Finalement, ses petits yeux rieurs lui adressèrent un clin d'œil. Zorta, réalisant que l'on venait de se payer sa tête, éclata de rire, ce qui leur permit de relaxer un peu.

✵

Le retour dans la capitale fut triomphal. On scandait le nom des héros sur leurs passages. Quelques jours après leur arrivée, les événements rapportés avaient pris des proportions incroyables. On parlait de Joshua, le courageux messager qui avait sauvé la reine et tué plus de trente adversaires, du général Zorta et de sa brillante stratégie, et de l'exploit de sa cavalerie fendant les rangs ennemis comme un couteau chaud pénètre le beurre. Par-dessus tout, on parlait de l'épique duel entre les deux reines, du courage de Servia et de son adresse avec son arc magique qui revenait de lui-même dans sa main. Sur ce point, les propos étaient fidèles à la réalité.

Keiko avait raconté à Servia ce qu'il avait vu. Sur le champ de bataille, alors qu'il courait vers elle pour l'aider et qu'il était certain d'arriver trop tard, il avait vu l'arc disparaître et réapparaître aussitôt près de sa main, ce qui avait sidéré la reine de Brandan, la déstabilisant. Servia avait tenté par la suite de répéter l'exploit. À sa surprise, elle n'avait qu'à imaginer son arme pour que celle-ci se retrouvât dans ses mains, peu importe où elle était. Servia et Keiko en avaient déduit qu'il s'agissait d'un des pouvoirs à découvrir que Viernet leur avait caché.

L'histoire qui suscita le plus d'intérêt était celle de Keiko. Toute la ville savait maintenant qu'il était un métamorphe et qu'il avait combattu sous sa forme animale et causé de lourds dégâts dans le camp des Brandéens. Aux alentours du château, on avait souvent entendu des histoires sur de tels phénomènes, mais la plupart des gens pensaient qu'il s'agissait de contes pour apeurer les enfants. Le jeune garçon n'en finissait plus de raconter sa jeunesse. Les propos déformés des gens en firent une bête de plus de cinq mètres de haut aux yeux rouges et aux crocs acérés.

On célébra la victoire pendant quelques jours, mais Servia insista pour que la nourriture soit distribuée avec parcimonie. Ce n'était pas parce qu'ils avaient remporté une grande bataille que le problème de la famine était réglé.

Lucius fut soulagé de voir que Servia était revenue saine et sauve. Il parvint à convaincre un esclave libéré de lui servir d'espion. L'homme accepta de retourner à Tarsa pour infiltrer l'entourage de la reine Célias afin d'apprendre ce qu'elle ferait à la suite de son échec. Il devait mettre rapidement en place un réseau de messagers pouvant lui acheminer des nouvelles. La plupart de ceux-ci étaient des pigeons voyageurs qui parcouraient rapidement les lieues séparant les capitales.

Zorta donna des ordres afin d'assurer une surveillance accrue de toutes les frontières du royaume. Avec l'accord de Servia, il fit construire de nombreuses tours de guet qu'il garnit de soldats. Il s'en voulait d'avoir négligé ce point, ce qui avait failli coûter cher à sa patrie.

Au fil des jours et des semaines, la vie reprit son cours normal au château. Les gens se préparèrent du mieux qu'ils le purent à passer un rude hiver. La nourriture fut rationnée, les pêcheurs et les chasseurs œuvrèrent presque jour et nuit pendant que leurs femmes salaient le poisson et la viande qu'on apportait au château pour la redistribuer équitablement.

Darius, dont *Le Geignard* avait fait partie de la flotte transportant l'armée, se promenait inlassablement de port en port, achetant, avec l'argent du trésor royal, toute la nourriture qu'il pouvait. Lucius s'inquiétait de la baisse des réserves d'or, mais il savait qu'ils n'avaient pas le choix. La survie de la population en dépendait et Servia avait pris les bonnes décisions.

Il entrevoyait enfin un avenir meilleur pour son royaume, comme il l'avait tant de fois demandé à Ferrol en prière.

XXIII

ASCENSION ET CHUTE

La Dame Blanche avait convoqué les dieux à l'entrée du domaine de la mort.

Elle se tenait devant l'immense porte de fer forgé qui en bloquait l'accès. Des statues géantes se dressaient de part et d'autre du portail. À gauche s'élevait une statue représentant un immense squelette, les bras croisés sur la garde d'une épée gigantesque, dont la pointe reposait au sol. Des rubis enchâssés dans l'orbite de ses yeux lui donnaient un air lugubre et étrangement vivant. De l'autre côté, une grande silhouette encapuchonnée, dont on ne distinguait que le bas du visage émacié, tenait dans ses mains osseuses une grande faux, symbole universel de la Faucheuse, la Mort.

La Dame Blanche observait ses enfants de ses yeux d'albâtre, le sourire aux lèvres. À ses côtés se tenait fièrement Culcuth. Il avait déjà atteint sa maturité. Il était très beau avec sa peau lisse et blanche, ses traits fins et ses cheveux noirs ondulés qui lui descendaient jusqu'aux épaules. Dans son regard brillaient l'intelligence et la vivacité.

— Mes enfants, déclara la Dame Blanche pour commencer, Culcuth a déjà atteint sa majorité. Je remercie Agizel, qui s'est très bien occupée de lui. Vous avez tous participé à sa formation afin qu'aujourd'hui, il soit en mesure de prendre possession du domaine qui lui a été promis depuis sa naissance. À partir de maintenant, Culcuth devient le dieu de la mort avec tous les avantages et les obligations qui s'y rattachent. Il pourra désormais assister à l'assemblée des dieux et y avoir droit de parole, au même titre que chacun de vous.

Quelques dieux félicitèrent leur jeune frère.

La Grande Mère se tourna ensuite vers Culcuth.

— Mon fils, dit-elle en lui posant une main sur l'épaule. N'oublie jamais ce que tu as appris et continue à demander conseil à tes semblables. Demeure humble, fort et soucieux des créatures d'Arménis, qu'elles te vénèrent ou non.

Culcuth inclina la tête avant que sa mère poursuive:

— Nous allons festoyer en l'honneur de notre jeune dieu de la mort, mais auparavant, je tenais à vous féliciter. Vous m'avez redonné espoir en vos capacités et en l'avenir d'Arménis. Ça m'a fait chaud au cœur de vous observer. Même le récent affrontement entre les royaumes vénérant Ignès et Ferrol n'a provoqué aucune animosité entre vous. Je vous félicite, vous avez tous fait preuve de sagesse et de bonté, si bien que je vous annonce que je vous quitterai dès aujourd'hui.

Les dieux furent surpris par cette déclaration, même si leur mère les avait depuis longtemps avertis que son passage parmi eux n'était que temporaire.

— D'autres tâches m'attendent, ajouta la Dame Blanche. Ces derniers temps passés avec vous m'ont fait le plus grand bien et je vous promets de revenir bientôt. D'ici là, je garderai tout de même un œil sur vous. Maintenant, assez parlé de moi. Ce jour appartient à Culcuth. Suivez-moi, un banquet nous attend au cœur du domaine du nouveau dieu de la mort.

❋

Le retour à Tarsa se fit dans la morosité pour l'armée vaincue des Brandéens et dans la douleur pour Célias, la reine guerrière. Ses shamans ayant tous été tués au combat, elle avait dû soigner sa blessure au bras du mieux qu'elle le pouvait. La flèche qui l'avait atteinte lui avait fracturé l'humérus et déchiré le biceps.

La reine rentrait dans la capitale avec moins de la moitié de ses effectifs. Sa garde personnelle, les Vierges de fer, avait aussi été décimée de moitié. Lors de la chevauchée du retour, ses heures se partageaient entre la douleur et la colère. Elle s'en voulait d'avoir sous-estimé la finesse des stratégies adverses, comptant sur sa supériorité en nombre pour l'emporter. Les Ferroliens s'étaient avérés plus coriaces que prévu, et leur reine, habile et sans peur. De plus, leur cavalerie n'avait cessé de les harceler, leur infligeant d'autres pertes. Les Brandéens ne possédaient pour ainsi dire plus de cavalerie et ne pouvaient leur donner la chasse. Leur retour vers leur frontière fut ralenti par ces incessantes attaques.

Célias gagna rapidement ses appartements où elle fit mander au plus vite un shaman guérisseur. Un des fidèles de Brand se présenta à elle quelques minutes plus tard. Il ausculta sa souveraine et fit appel à la magie guérisseuse de son dieu. Célias ressentit un immense soulagement quand la douleur qu'elle supportait depuis tant de jours se dissipa enfin.

— J'ai fait ce que j'ai pu, Majesté, déclara le guérisseur. Votre blessure est guérie, mais…

— Mais quoi ? demanda la reine, dont le regard s'assombrit. Parle !

— L'os brisé s'est déjà partiellement ressoudé dans une mauvaise position. Je ne peux rien faire de plus.

Célias déplia son bras. Elle s'aperçut qu'au-dessus du coude, une bosse saillait sous sa peau. Elle la toucha et sentit l'os dessous.

— Vous êtes guérie, Majesté et la magie de Brandan a redonné de la vitalité à vos muscles, mais j'ai bien peur que vous ne puissiez plus jamais tenir une épée ou lancer un javelot, à moins que ce ne soit avec votre bras gauche.

La reine regarda le shaman avec ses grands yeux consternés. La colère s'empara d'elle. Elle dégaina son poignard et tenta de le soulever pour atteindre la gorge du soigneur, mais ses doigts s'engourdirent et l'arme tomba sur les dalles de pierres en claquant. Le fidèle de Brand recula de quelques pas, livide.

— Va-t'en ! lui cria Célias.

L'homme ne se fit pas prier pour déguerpir. Pour une des rares fois de sa vie, des larmes montèrent dans les yeux noirs de la souveraine de Brandan.

❋

Les nouvelles de l'amère défaite et de la condition de la reine se répandirent à une vitesse folle dans le royaume de Brandan. La grogne gagna rapidement l'armée et les habitants, provoquant de nombreux combats entre les fidèles de Célias et ses opposants. La reine demeurait invisible, cloîtrée dans ses appartements. La rumeur disait qu'en raison de son handicap et de la douleur qu'elle avait supportée lors du retour, elle avait perdu la raison. Certains affirmaient même qu'elle était morte, qu'elle n'avait pas survécu à ses blessures et qu'on cachait l'information à la population. Une rumeur encore plus folle voulait que ce soit la reine-sorcière de Ferrolia qui soit rentrée à Tarsa, adoptant magiquement les traits de Célias.

La souffrance des gens qui avaient déjà faim à l'approche de l'hiver n'améliora pas la situation. Dans les semaines qui suivirent, la grogne s'intensifia. Beretta demeurait cependant fidèle à Célias. À plusieurs reprises, elle avait tenté de lui parler, mais chaque fois, la reine lui avait demandé de la laisser seule.

Le jour où l'on aurait dû célébrer le douzième anniversaire de l'ascension de Célias sur le trône de Brandan, une foule de paysans mécontents tenta de prendre le château de force. Beretta, qui détenait le grade militaire le plus élevé après la reine, prit le commandement des défenses qui repoussèrent facilement l'assaut du haut des remparts en envoyant une pluie de flèches sur les assaillants et de l'eau bouillante. La doyenne des Vierges de fer fut sidérée de voir le peuple se regrouper ainsi, toujours hors de portée de leurs armes, afin de préparer de nouvelles attaques. Elle comprit pourquoi lorsqu'elle vit plusieurs robes rouges de shamans qui avaient rejoint leurs rangs. C'était une rébellion !

Lors d'une seconde charge, malgré la magie de Brand que prodiguaient les shamans en appui aux révoltés, les soldats du château allaient repousser les assaillants, lorsque des cris retentirent à l'intérieur même de l'enceinte.

— Aux traîtres ! Aux traîtres ! Les portes du château s'ouvrent.

Beretta, du haut de la muraille, se tourna vers la cour intérieure. Elle vit des soldats se battre les uns contre les autres. Des militaires rebelles ouvrirent les portes par où les insurgés armés de haches, de faux et de tout objet susceptible de blesser ou tuer, se ruèrent. Les archers n'étant plus d'aucune utilité, Beretta ordonna à ses soldats de tirer leur épée au clair.

— Comment saurons-nous qui est dans notre camp ? demanda une jeune femme.

— Si la personne devant toi lève son arme, tue-la, c'est un ennemi, répliqua Beretta en lui jetant un regard noir.

La Vierge de fer dévala les marches de pierre et se fraya un chemin à coups d'épée jusqu'à l'intérieur du château. Elle fit barricader la porte avant de remonter rapidement jusqu'aux appartements royaux. Devant la porte de la chambre de Célias se tenaient deux Vierges de fer qui sortirent leur épée en entendant des pas dans l'escalier. Elles aperçurent Beretta et rengainèrent leur arme.

Hors d'haleine, Beretta tourna la poignée de la porte, mais celle-ci était verrouillée de l'intérieur. Elle cogna.

— Majesté, cria-t-elle, une révolte a lieu, ouvrez, nous sommes attaqués. Majesté !

Aucune réponse. Beretta était une des rares personnes à connaître l'existence d'une porte dérobée dans la chambre de la reine, qui donnait sur des corridors secrets jusqu'à une sortie, loin de l'enceinte du château. Elle passa une main sur son visage baigné de sueur, réfléchissant à la situation. Peut-être la reine avait-elle déjà fui par le corridor, songea la guerrière, mais connaissant Célias, elle en doutait.

— Vous, dit-elle aux gardes, aidez-moi à enfoncer cette porte.

Les trois femmes saisirent un lourd banc de bois pour s'en servir comme bélier. Toutefois, ce fut la porte du rez-de-chaussée qui céda en premier. Des bruits de combat se firent entendre dans les escaliers. Au même moment, à leur troisième charge, les Vierges entendirent la porte des appartements de la reine craquer. Un dernier élan fendit de haut en bas le panneau central. Beretta repoussa les morceaux de bois et se précipita à l'intérieur. Elle trouva Célias assise, coiffée de sa tiare d'or, sa lance d'apparat appuyée au sol, la hampe reposant au creux de son bras gauche. Elle regardait droit devant elle, le visage sans expression. La Vierge fronça les sourcils.

— Majesté, lança-t-elle, nous devons fuir. Des rebelles se battent au seuil de votre porte.

Célias ne répondit pas et ne broncha pas d'un iota.

— Célias ! cria Beretta en s'avançant, appelant pour la première fois sa souveraine par son nom.

Quand elle arriva près de la reine, elle remarqua son teint pâle et ses lèvres bleutées. Lorsqu'elle posa ses mains sur les épaules de sa souveraine, Beretta sentit le froid de la peau en même temps qu'elle vit ses pupilles dilatées. Célias était morte. Beretta recula de surprise. La lance tomba au sol et le diadème glissa le long du front de la reine-guerrière. Beretta remarqua une petite coupe en or sur une table, à portée de main de Célias. Elle s'en empara. Quelques gouttes de vin en rougissaient le fond et une poudre blanche, qui ne s'était pas totalement dissoute, s'était déposée sur le rebord.

— Du poison ? murmura Beretta à la fois surprise et déroutée, en laissant tomber la coupe au sol.

Derrière elle, les bruits de combat s'intensifiaient. Les rebelles arrivaient à l'étage des appartements royaux en repoussant les gardes fidèles à la reine. La Vierge de fer se retourna, les yeux pleins de larmes.

— Cessez le combat ! cria-t-elle pour couvrir le bruit des armes qui s'entrechoquaient. Brandan n'a plus de reine, Célias n'est plus.

Les combats près de la chambre s'arrêtèrent et tous les yeux se rivèrent vers le corps prostré de Célias. Beretta se demanda pour la première fois de sa vie si l'intransigeance légendaire des Brandéens, qui devait faire d'eux un peuple fort et craint de tous, n'était pas excessive. Elle se demanda comment les habitants de Ferrolia auraient agi advenant une défaite de leur reine. Auraient-ils exigé qu'elle dépose sa couronne ? Malgré le peu qu'elle connaissait d'eux, elle était convaincue que non.

XXIV
LA MISSION

C'était le printemps. Les feuilles des arbres se déroulaient, étirant leur corps vert tendre au soleil qui venait les réchauffer et les caresser comme un amant attentionné. L'hiver avait été dur à Ferrolia, comme partout ailleurs. Plusieurs habitants moururent de faim ou furent malades. Nombreux eurent le scorbut. Le déluge, imposé par la Dame Blanche sur Arménis, avait apporté son lot de misère. Heureusement, le retour de l'été et du beau temps rendait espoir aux habitants. Déjà, les pousses sortaient de terre, laissant présager une excellente récolte. La majorité des habitants parvint à passer à travers cette période difficile grâce à la pêche. Ferrol avait fait en sorte que l'océan regorge de poissons et de *pain de sardine*, cette algue comestible, aux larges feuilles et au goût salé.

Le picotement si particulier signalant qu'une mission attendait les seuls représentants de l'Ordre de l'épervier fut presque accueilli avec soulagement par Keiko et Servia, qui étouffaient à la cour. Une escapade hors des murs du château était la bienvenue. Servia pourrait enfin laisser de côté, pour quelque temps, les incessantes décisions à prendre, les doléances interminables et souvent peu raisonnables des nobles, toujours les mêmes, et tout le décorum qu'elle se forçait à respecter.

Pour Keiko, se retrouver dans la nature loin du tourbillon quotidien de la capitale était presque devenu une question de survie. Il lui arrivait de plus en plus souvent de fuir vers les bois et la campagne quelques jours. Il parvenait très difficilement à supporter la vie dans une cité. Même les nombreux entraînements qu'il s'imposait ne lui apportaient plus de soulagement comme avant. Le jeune garçon étouffait à l'intérieur des murs de pierre, et quand il sortait en ville, on le montrait constamment du doigt, comme s'il était une bête de foire. Les gens le craignaient pour une raison qu'il ignorait et s'écartaient systématiquement de son chemin. À croire qu'il serait capable de se jeter sur les habitants, de les tailler en pièces ou de leur donner des poux.

Les tourtereaux montèrent rapidement dans les appartements de Servia. Cette dernière s'empressa de déposer l'amulette qu'elle portait au cou dans une bassine remplie d'eau. En quelques secondes, une image leur apparut. Des yeux blancs, avec de longs cils, couvrirent l'ensemble de la bassine. Un message leur fut livré. Ils n'auraient su dire s'ils l'avaient entendu ou s'il avait été transmis de façon télépathique.

Bonjour, mes enfants, j'ai une mission pour vous, commença la Dame Blanche, *mais auparavant, je dois vous annoncer que c'est la dernière fois que je m'adresse à vous. Si vous menez à bien votre prochaine quête, vous serez aptes à nommer les prochains membres de l'Ordre. Pour ce faire, vous devrez parcourir Arménis et choisir les personnes qui seront dignes d'en faire partie. Vous instaurerez* également un code de conduite pour les *représentants de l'Ordre. Bien sûr, vous recevrez de temps en temps une demande d'un autre dieu, mais vous devrez vous-même vous assurer que le mal et l'injustice soient combattus. C'est une guerre qui ne se terminera certainement pas de votre vivant. Êtes-vous toujours disposé à le faire ?*

— Oui, répondirent simultanément les amis qui gardaient les yeux fixés sur ceux de la déesse.

Je vous en remercie. Vous donnerez, à chacun des nouveaux membres de l'Ordre, un talisman identique à ta boucle d'oreille, Keiko, ou à ton pendentif, Servia. Pour que ces objets deviennent sacrés et dotés des mêmes pouvoirs que les vôtres, la recrue devra effectuer un pèlerinage et plonger, avec son bijou, dans les eaux qui coulent de la chute où vous m'avez rencontrée. C'est seulement à partir de ce moment qu'il deviendra légat de l'Ordre de l'épervier.

La déesse se tue, attendant une réponse.

— Nous avons bien compris et nous vous obéirons, s'empressa de dire Servia.

Votre prochain périple *vous mènera très loin du royaume de Ferrolia,* ajouta la Dame Blanche, alors que ses yeux sans pupilles s'effaçaient. *Vous devrez retourner vers le nord. Profitez du long voyage pour* élaborer *les bases du code d'*éthique de *l'Ordre. Voici le monstre qu'a engendré une entité maléfique qui n'habite plus votre monde aujourd'hui. Vous devez la trouver et la tuer. Toutes les personnes qui s'y sont mesurées, même les plus habiles chasseurs, n'y sont pas parvenues.*

Dans la bassine, l'image d'une créature apparut. On aurait dit un croisement entre une chauve-souris, dont elle avait les ailes, la fourrure et les oreilles, et un chat, dont elle possédait les yeux, les griffes acérées et rétractiles, et les crocs blancs.

C'est un monstre unique qui n'a pas de nom, déclara la déesse. *Son esprit est plus noir que la plus profonde des cavernes. Jadis, il vivait de la chasse, en forêt, ou dans les entrailles de la Terre, car il voit aussi bien dans le noir qu'au grand jour, mais depuis quelques mois, il guette les rares habitants de la côte. Champion de la dissimulation et des déplacements furtifs, il attend qu'un enfant soit isolé et il s'en empare. Je n'ai pas besoin de vous dire ce qu'il en fait lorsqu'il le rapporte à sa tanière.*

Un frisson parcourut Servia.

— Nous allons nous en occuper, lança Keiko d'un ton solennel.

Les yeux de la déesse reparurent et se fermèrent à demi. Servia était sûre que si elle avait pu voir la bouche de la Dame Blanche, elle y aurait discerné un sourire.

Demeurez toujours honnêtes, vrais et purs. Ne laissez ni la gloire ni la médisance vous changer. Vous êtes aimés des dieux et l'amour entre vous est réciproque. Rares sont ceux qui peuvent en dire autant.

L'image s'estompa, laissant Servia et Keiko muets, ne sachant trop comment réagir, une fois encore surpris d'avoir été contactés par nulle autre que la Dame Blanche. Ils se regardèrent un instant.

— Je vais préparer nos bagages, dit Keiko avec enthousiasme.

— Et moi, je vais aviser Lucius que nous quittons le royaume pour un bon moment, ajouta Servia, tout aussi excitée que son compagnon.

❋

Brega s'était laissé tirer l'oreille quand il avait vu qu'il devait embarquer de nouveau sur un bateau, mais l'envie de s'éloigner de la vie monotone qu'il menait aux écuries du château prit le dessus sur sa peur de l'eau.

Pour ses services rendus à la patrie, Darius s'était vu confier le commandement de la galère de guerre nommée *Koza*, sur laquelle montaient l'âne, Keiko et Servia. Paolo avait été nommé capitaine du *Geignard*. Il avait d'abord voulu suivre Darius, mais l'art de la guerre ne l'attirait pas outre mesure. Ce dernier avait été flatté par cette offre de nouveau commandement et il avait accepté sur-le-champ. Le vaisseau comptait soixante hommes d'équipage qui pouvaient aussi devenir des rameurs, cinquante soldats, trente archers et une baliste montée tout juste derrière la figure de proue énorme, sculptée à l'image d'une tête de bouc qui chargeait.

La galère devait les déposer près du secteur où Keiko et elle espéraient trouver la créature désignée par la Dame Blanche. Le *Koza* en profiterait pour sillonner les eaux des alentours afin de s'assurer qu'aucun bateau pirate ne parasitait les côtes du royaume, de même que celles situées plus au nord. Darius avait ordre de demander leur reddition, et dans le cas d'un refus, de les envoyer par le fond.

La jeune fille avait avisé Darius de ne pas les attendre. Après leur mission, Keiko et elle prévoyaient de poursuivre leur route pour rejoindre la ville cachée des Juventis, dans les montagnes, au nord de Jupecha. Ils espéraient y retrouver Jeroban et lui offrir de devenir membre de l'Ordre de l'épervier. Servia avait prévenu Lucius que leur périple risquait de prendre plus d'un mois.

Le *Koza* leva l'ancre par un matin maussade. Dès que les voiles bleues et blanches furent hissées, le vent les poussa vers le nord. Keiko et Servia se placèrent à la proue où l'étendard de l'épervier était hissé, alors que le drapeau de Ferrolia claquait tout en haut du mât.

— Enfin de l'air pur, dit Keiko avant de prendre une profonde respiration.

Il regarda Servia et lui sourit. La jeune reine réalisa qu'il y avait bien longtemps qu'elle avait vu son ami sourire. Elle lui prit la main.

— Tu n'aimes vraiment pas la vie que nous menons au château, n'est-ce pas ? lui demanda-t-elle.

Keiko haussa les épaules et ne répondit pas, scrutant les vagues au loin.

— Je vois bien que tu n'es pas heureux depuis que je suis reine. Je te promets que nous effectuerons davantage de voyages comme celui-ci. Nous n'avons pas eu beaucoup de temps à nous avec la famine, mon couronnement, la guerre avec Brandan.

— Je sais, répondit Keiko en gardant son regard tourné vers le large. Je ne te reproche rien.

Servia plissa les yeux. Elle le connaissait suffisamment pour savoir qu'il ne livrait pas le fond de sa pensée.

— Tu ne me reproches rien, mais…

— C'est vrai que je ne suis pas heureux à Ferrolia, lui confia Keiko en poussant un soupir. La vie de château, et même celle de citadin, n'est pas faite pour moi. J'étouffe là-bas, et si ce n'était que ça, je pourrais le supporter, mais je ne me sens pas à ma place. J'ai l'impression d'être considéré comme une bête de cirque par la plupart des gens que je croise.

— Ne t'occupe pas d'eux, lui conseilla Servia. Ils ne te connaissent pas, c'est tout.

— Je ne suis pas comme toi, Servia, dit-il en passant une main sur son visage. Je n'ai pas ta force de caractère. L'autre jour, alors que je revenais de la ville, j'ai croisé une femme et son enfant. Elle m'a souri, mais lorsque l'enfant s'est approché de moi, elle s'est empressée de le ramener vers elle et de s'éloigner, comme si je menaçais de le dévorer. La peur que j'ai vue dans ses yeux me donne encore le frisson. Tu ne sais pas ce que c'est que d'être perçu ainsi. Ça m'arrive souvent et je ne peux plus le supporter.

— Pauvre chéri, le plaignit Servia, accablée par le chagrin de son amoureux.

— Je comprends que tu aies des responsabilités, ajouta Keiko. Je te l'ai déjà dit, je ne te reproche rien, mais je ne sais pas combien de temps je pourrai encore vivre là-bas.

Servia demeura silencieuse pendant de longues minutes. Elle posa son regard sur un albatros qui escortait le navire.

— Comme j'aimerais voler comme l'épervier ou cet oiseau de mer, murmura-t-elle, songeuse. Ils doivent éprouver un tel sentiment de liberté !

Elle respira à fond et se tourna de nouveau vers Keiko.

— Donne-moi encore un an, le temps de remettre Ferrolia sur pied, et ensuite, je quitterai le château avec toi pour de bon, si c'est ce que tu désires, dit-elle.

— Tu ne peux pas quitter le château pour toujours, tu es la reine, répondit Keiko.

Ce fut au tour de Servia de hausser les épaules.

— Si c'est ce qu'il faut pour ne pas perdre mon amoureux, ce n'est pas un gros sacrifice. Pour moi aussi cette vie n'est pas celle dont je rêvais. Je te promets que nous serons ensemble et heureux, peu importe où nous nous retrouverons, que ce soit dans les bois ou ailleurs.

Pour une rare fois, ce fut Keiko qui prit les devants en saisissant le visage de Servia entre ses grosses mains, avant de déposer un tendre baiser sur ses lèvres.

❋

— Nous sommes sûrement près de sa tanière, dit Servia en encochant une flèche.

— Probablement, répondit Keiko qui tenait son bâton devant lui, prêt à agir.

En plus des indications que leur avait fournies la Dame Blanche, le couple s'était informé auprès des habitants de la région afin de connaître les endroits où la créature avait été aperçue. Ils avaient trouvé un vieil homme et une adolescente qui leur avaient raconté leur rencontre avec le monstre. L'homme l'avait vu au matin, et la fille, au coucher du soleil. S'ils disaient vrai, il était possible de le trouver hors de sa tanière, de jour comme de nuit.

Le jeune couple ne le débusqua pas, ce fut plutôt lui qui les trouva. Il les avait entendus venir de loin et s'était approché furtivement d'eux. C'est l'odorat développé de Keiko qui les sauva, alors que l'animal fonçait sur lui à partir du ciel. Il sentit, juste avant qu'il l'atteigne, son odeur un peu ammoniaquée que lui avaient décrite ceux l'ayant aperçu. Il se retourna, le cherchant des yeux. Son mouvement lui fit éviter l'assaut que lui réservait son adversaire. Ses griffes lui lacérèrent tout de même le cou et ses crocs se refermèrent en claquant dans le vide, à quelques centimètres seulement de son oreille.

Servia aperçut la créature au moment où elle attaquait Keiko. Elle n'osa pas tirer, de peur de blesser son ami. La bête reprit de l'altitude en battant de ses ailes. Servia tendit son arc, mais la bête disparut avant qu'elle puisse tirer.

— Où est-elle passée ? dit-elle en abaissant son arme, alors qu'elle tournait lentement sur elle-même et qu'elle scrutait le ciel bleu et sans nuages. Je ne l'ai pas entendu venir…

Keiko se tenait les jambes légèrement écartées et il observait le ciel, lui aussi.

— Elle est proche, je la sens, dit-il, mais je ne sais pas exactement où elle se trouve, elle semble invisible.

— Génial ! dit Servia. Comment allons-nous l'attaquer si nous ne pouvons pas la voir ?

La jeune femme ressentit tout à coup une douleur brûlante dans le dos. La créature venait de déchirer sa chemise et de lui arracher un lambeau de chair. Servia cria, laissant tomber son arc pour tenter d'attraper les pattes griffues derrière son dos, sans succès. Leur adversaire avait déjà repris son envol. Keiko accourut aussitôt et se pencha vers Servia, qui était tombée à genoux, le visage déformé par les élancements de sa blessure. Il se retourna lorsqu'il entendit un bruit derrière lui. Il fit tourner son bâton pour frapper la bête. Il parvint à arrêter son geste juste à temps, lorsqu'il se rendit compte qu'il ne s'agissait pas de sa cible, mais de Brega qui arrivait en toute hâte pour guérir sa maîtresse. Les narines de Keiko tressaillirent, alors qu'il perçut de nouveau l'odeur désagréable de la bête. Il se pencha juste à temps pour éviter les griffes de l'animal, qui visait sa tête.

— Tu l'auras voulu, dit-il avant de s'éloigner et de laisser l'âne s'occuper de Servia.

Les coutures de ses vêtements cédèrent lorsque son corps, se recouvrant rapidement de longs poils noirs, prit de l'expansion. Il termina sa transformation dans un cri assourdissant. L'ours se dressa sur ses pattes arrière, laissant voir le V blanc qui couvrait sa poitrine.

Servia se releva péniblement, soulagée par le souffle de Brega. Elle vit Keiko se transformer et se lever, poussant un cri de défi à l'endroit de son adversaire, puis retomber sur ses quatre pattes. Il leva la tête et ses narines humèrent l'air. Avec une vivacité que ne laissait pas présager sa taille, son énorme patte droite frappa l'air et Servia entendit un son semblable à celui d'un tissu que l'on déchire. Tout juste avant, elle avait cru percevoir du mouvement dans les airs. Elle comprit alors que la créature n'était pas invisible, mais qu'elle était capable de mimétisme, adoptant les caractéristiques de son environnement pour s'y fondre.

Grâce à son odorat, Keiko était parvenu à blesser leur ennemi. Il l'ignorait, mais il l'avait atteint à l'aile droite, la déchirant en grande partie. L'ours leva de nouveau le nez. Il capta l'odeur ferreuse et caractéristique du sang, au pied d'un arbre. Il regarda Servia, se leva et tendit une patte vers l'arbre. Servia le regarda, puis d'une pensée, fit apparaître son arc dans sa main. Keiko la vit chercher dans le ciel, la corde de l'arc tendue, craignant une autre attaque. Ne parvenant pas à se faire comprendre de sa compagne, il reprit sa forme humaine.

— Dans l'arbre, Servia, elle se trouve dans l'arbre, devant moi. Je la sens.

Servia s'avança lentement vers l'énorme pin. Elle cherchait le monstre parmi les branches, mais ne parvenait pas à l'apercevoir. Ce fut finalement sa blessure qui la trahit. Servia vit une goutte de sang tomber, juste comme elle se détachait de l'aile. Elle discerna alors la silhouette de l'ennemi. Elle fit chanter la corde de son arc et sa flèche toucha sa cible. La bête croula au sol et ne bougea plus. Son pouvoir de mimétisme était contrôlé par sa volonté, et aussitôt qu'elle poussa son dernier souffle, sa fourrure, légèrement tigrée, prit une teinte fauve.

Brega s'approcha lentement et la sentit. Apparemment, l'odeur ne lui plut pas, car il secoua la tête et retourna se cacher derrière Servia.

XXV

LA FIN DU RÈGNE

Servia était allongée sur le dos, les bras croisés derrière la tête. Le vent lui susurrait une douce mélodie à l'oreille, alors qu'il remuait les feuilles du grand chêne, tout près. Son regard se perdit dans l'azur du ciel d'été. Elle vit la silhouette d'un grand oiseau de proie qui planait silencieusement, à la recherche de sa pitance. Elle imagina la vue imprenable qui devait s'offrir à l'oiseau, se demandant ce qu'il ressentait quand les courants d'air ascendants poussaient sous ses larges ailes.

— Ce doit être enivrant, dit Servia sans se rendre compte qu'elle s'était exprimée à voix haute.

— Hum ! fit Keiko qui se réveilla.

Il se retourna dans l'herbe et regarda sa compagne.

— Quoi ? ajouta-t-il, sa diction légèrement déficiente, toujours engourdie par le sommeil.

— Excuse-moi, dit Servia, je ne voulais pas te réveiller.

— De toute façon, nous devons repartir. Nous nous sommes reposés assez longtemps, ajouta Keiko en s'assoyant et en se frottant les yeux.

Servia l'observa avec amour. Il y avait maintenant plus de quinze ans qu'ils se connaissaient. Keiko devait bien, maintenant, avoir atteint la mi-trentaine ; il n'avait jamais su sa date de naissance, alors que Servia venait de célébrer, peu de temps auparavant, son trente et unième anniversaire. Malgré le temps, Keiko n'avait pas beaucoup changé, sinon qu'il avait pris du muscle, un peu de ventre et que quelques cheveux argentés apparaissaient çà et là dans sa tignasse, toujours en bataille. Sous sa forme d'ours, quelques poils blancs parsemaient le tour de ses yeux et de son museau.

Pour sa part, Servia avait pris davantage de formes. Ses hanches s'étaient très légèrement élargies et son buste s'était arrondi. La venue au monde de leur enfant y était pour quelque chose. Peu de temps après son accession au trône, elle était tombée enceinte, et neuf mois après était né le petit Thomas, ainsi nommé en l'honneur du père adoptif de Servia. Il avait les grands yeux noirs de sa mère, mais le petit nez en bouton de son père, de même que ses cheveux hirsutes. Il était aujourd'hui âgé de treize ans et demeurait avec Ulbar, au temple de Ferrol où on lui donnait l'enseignement traditionnel ainsi que celui nécessaire pour devenir prêtre. C'est un choix qu'il avait fait dès qu'il avait atteint l'âge de huit ans. Zorta, quant à lui, s'occupait de lui enseigner le maniement des armes.

La naissance de l'enfant avait suscité de nombreuses discussions à Ferrolia. La reine ne s'était pas mariée avant de tomber enceinte. Plusieurs avaient désapprouvé ce choix de vie et ne s'étaient pas gênés pour critiquer la souveraine et son compagnon. On craignait également que cet héritier du trône soit comme son père, une créature mi-homme mi-animal. On montra davantage Keiko du doigt lorsqu'on l'apercevait à l'extérieur du château et il s'en trouva d'autant plus triste. Servia, le voyant malheureux, alors qu'elle-même n'aspirait qu'à reprendre la route, décida alors d'abdiquer. Joshua, qui avait succédé à Lucius, puis à Mélénil comme conseiller, la convainquit de garder sa couronne. Servia accepta, mais elle devint reine de titre seulement, revenant au château pour de courtes périodes afin de passer un peu de temps avec son fils. On la nommait la reine-épervier. Et même si elle demeurait souveraine de titre, elle avait trôné seulement trois ans.

Pendant toutes ces années, lors de leurs fréquentes absences du château, ils avaient sillonné Arménis, réprimant le mal, là où il se trouvait. Au fil de leurs voyages, ils avaient recruté sept membres pour l'Ordre, disséminés dans toutes les régions, dont le premier fut Jeroban, le Juventis qui voyageait parfois avec eux. Le fidèle Brega les suivait partout où ils allaient. L'âne avait maintenant le museau couvert de poils blancs, mais il demeurait enjoué et en santé.

Leur nouvelle mission les mena près de la grande ville de Carbelton, sur la côte ouest, où une magicienne usait apparemment de son pouvoir pour réduire des hommes à l'esclavage. Le couple avait su qu'elle tentait de lever une petite armée, qu'elle contrôlait par la magie, afin de s'emparer des terres et des bâtiments d'un riche comte qui lui aurait jadis causé préjudice.

Servia et Keiko ne connaissaient rien de leurs querelles, et en réalité, elles ne les intéressaient pas. Cette enchanteresse retenait des hommes contre leur gré et les obligeait à exécuter des actes répréhensibles. C'est ce qui avait attiré leur attention. Leur plan consistait à se rendre d'abord chez le comte afin d'en apprendre plus sur la femme. Ils prévoyaient d'y être sous peu si, bien sûr, on leur avait correctement indiqué le chemin.

Le couple reprit la route en direction du manoir, après une brève pause, pour casser la croûte et se reposer.

— Bienvenue chez moi, lança une voix derrière eux.

Ils se retournèrent aussitôt, la main sur leur arme, prêts à en découdre. Keiko trouva étrange de n'avoir rien entendu ni rien senti. Sur la route de terre se tenait une femme dans la mi-vingtaine avec de longs cheveux roux bouclés qui lui descendaient jusqu'à la taille. De minces sourcils de la même couleur surmontaient ses grands yeux verts. Son nez était parsemé de taches de rousseur. Elle portait une longue robe vert émeraude et une ceinture jaune cintrait sa taille fine. La magicienne, car c'était la femme qu'ils recherchaient, tenait un long bâton de marche, plus haut qu'elle, gravé de runes. Elle souriait, amusée d'avoir surpris le couple.

— Je me nomme Myotis, ajouta-t-elle. Je suis honorée de rencontrer les membres fondateurs de l'Ordre de l'épervier. On m'a beaucoup parlé de vous.

— Bonjour, répondit Servia qui demeurait méfiante. Dites-moi, seriez-vous par hasard l'ensorceleuse qui a maille à partir avec un comte des environs ?

— Oui, et en quoi cela vous concerne-t-il ? demanda Myotis en arquant un sourcil.

— En rien. Nous ne nous mêlons pas de ce genre de querelle, répondit Servia. Par contre, on nous a raconté que vous envoûtez des personnes, que vous les contraignez à vous aider grâce à votre magie. L'Ordre s'oppose à toute forme d'esclavage et d'oppression. Nous sommes donc venus voir si cette accusation est bien réelle… Peut-être nous a-t-on fourni de mauvaises informations.

— Non, répondit candidement la magicienne sans aucun remords dans la voix, on vous a bien renseigné. En effet, j'ai quelques individus à mon service, mais soyez assurés qu'ils sont bien traités et bien nourris.

— Vous me confirmez que ces gens sont soumis à votre volonté et qu'ils n'ont pas le loisir de vous quitter s'ils le désirent ? demanda Servia, médusée par le manque de scrupule de la femme.

Keiko, de son côté, fronça les sourcils. Quelque chose n'allait pas. Il n'émanait aucune odeur de la sorcière.

— Exactement, dit-elle, vous savez comment sont les hommes, si nous n'arrivons pas à les contrôler, ils tentent de nous dominer. J'ai connu ma part de difficultés dans ma jeunesse et je me suis promis que personne ne me maltraiterait plus. Que comptez-vous faire ? demanda-t-elle.

— Nous devrons vous…

Servia fut interrompue par Keiko qui venait de capter l'odeur de plusieurs individus, de chaque côté de la route, cachés dans les buissons.

— C'est une embuscade, Servia, cria-t-il. Attention !

Huit hommes surgirent de leur cachette et s'élancèrent vers eux, armés d'épées et de haches.

Juste au moment où Servia entendit l'avertissement de Keiko, elle vit le bâton de la magicienne s'illuminer. Elle réagit prestement en tendant son arc et en tirant une flèche dans sa direction. Le projectile traversa la silhouette qui disparut. Servia comprit alors qu'il ne s'agissait que de son image. L'enchanteresse devait se cacher tout près.

Keiko saisit sa longue épée derrière son dos et accueillit ses adversaires avec de grands moulinets, les forçant à freiner leur course. Servia, de son côté, encocha une flèche qu'elle tira dans la jambe de l'un des assaillants.

— Tente d'éviter de les tuer, Keiko, cria Servia en relâchant déjà un troisième projectile. Ils sont contrôlés et ils n'ont pas décidé de se battre.

— Trop tard, répliqua Keiko qui venait d'abattre un de ses ennemis d'un coup d'estoc au foie.

Déjà, trois belligérants gisaient au sol, hors de combat. Servia laissa tomber son arc et dégaina son épée, alors que deux hommes arrivaient à sa hauteur. Les combattants avaient déjà manipulé des armes, mais ils n'étaient pas des experts et le combat tourna rapidement à l'avantage du couple, alors que Keiko éliminait un autre assaillant, tout en parvenant à tenir les autres en respect. Il ne restait plus que quatre d'entre eux, la moitié contre Servia, et l'autre contre Keiko.

La reine-épervier appliqua les leçons apprises auprès de Zorta, qu'elle visitait chaque fois qu'elle se rendait à Ferrolia. Elle effectua une feinte de coup direct à l'abdomen et elle eut la satisfaction de voir, comme elle l'avait espéré, son ennemi baisser son arme afin de bloquer le coup. Servia, avec son épée légère, parvint à relever la pointe de son arme et à donner un coup du revers. Avant qu'elle ait complété sa manœuvre, elle fut secouée de spasmes, alors que ses muscles ne répondaient plus. Elle aurait pu croire qu'elle était victime d'une de ces crises qui la terrassaient durant sa jeunesse, n'eût été la lumière blanche qui l'avait aveuglée juste avant. Elle sut que la magicienne venait de la frapper d'un éclair. Servia tomba au sol, en proie à de vives douleurs, à la merci de ses adversaires. L'un d'eux lui planta sa lame dans le ventre. Brega, qui s'était tenu à l'écart jusque-là, accourut vers sa maîtresse, faisant fi des hommes armés. Mais déjà une forme sombre le dépassait et se jetait sur les attaquants. Keiko avait vu sa bien-aimée au sol et il s'était immédiatement changé en ours, ignorant les coups d'épée qui lui étaient infligés. Il se jeta sans retenue sur ceux qui avaient attaqué sa compagne.

Myotis était sortie de sa cachette. Elle regardait Servia avec contentement. La reine était toujours inerte, au sol, le corps fumant à la suite de l'éclair qui l'avait touchée de plein fouet. Elle vit un filet de sang s'échapper de sa bouche. Satisfaite, elle se retourna vers l'ours et l'âne, dont elle connaissait les pouvoirs de guérison. La sorcière savait que le couple la recherchait et elle s'était informée sur eux et sur leurs capacités surnaturelles.

Un autre éclair quitta sa main tendue et frappa Keiko. L'ours fut déséquilibré et ralenti, mais il en fallait beaucoup plus pour le terrasser. Fou de rage et de douleur, il déchiqueta les ennemis. Il n'en restait plus que deux. Leurs regards vides ne reflétaient aucune peur. Brega, pendant ce temps, tentait de les contourner pour rejoindre Servia, toujours inanimée. Myotis utilisa une grande part de son énergie restante et lança un nouvel éclair sur Keiko. Le trait lumineux le frappa en plein visage, mais il demeura sur ses pattes, chancelant. Les autres en profitèrent pour le frapper à plusieurs reprises, le blessant grièvement. Pendant qu'ils s'acharnaient sur Keiko, Brega put les éviter et s'approcher de Servia.

Mais, entre sa maîtresse et lui surgit soudain un énorme loup, que Myotis avait fait apparaître. La bête se jeta sur Brega. L'âne n'était pas de taille à lutter contre un pareil prédateur, mais courageusement, il le mordit et rua tant qu'il put, même si les griffes et la mâchoire puissante du loup lui infligeaient maintes blessures.

Keiko se traîna péniblement vers l'âne. S'il voulait que Servia et lui survivent, le petit équidé devait être épargné. Les hommes le suivirent, le tailladant de plus belle.

— C'est le moment d'en finir, soliloqua Myotis, en gesticulant et en invoquant ses dernières parcelles d'énergie, alors que ses adversaires étaient regroupés.

Les paroles qu'elle prononça auraient semblé inintelligibles pour un non-initié à la magie. Une langue de feu apparut juste au-dessus de sa paume, tournée vers le ciel, et se mit à grossir, se transformant en boule de feu, qu'elle lança.

Le loup saisit Brega à la nuque au même moment. L'âne fit un effort incroyable pour se traîner vers sa gauche. Il parvint ainsi à s'interposer, avec le loup sur le dos, entre la magicienne et Servia. La boule de feu le frappa de plein fouet. Le sort qui l'atteignit fut retourné contre Myotis, qui n'eut que le temps de crier et de se couvrir le visage avant d'être complètement entourée de son propre feu magique, qui la consuma en une fraction de seconde. Personne ne savait que l'âne possédait un tel don, offert jadis par la Dame Blanche. Le loup disparut quand Myotis périt. Brega tomba au sol, le poil roussi, et du sang s'échappait de ses multiples blessures. Sa respiration devint saccadée et irrégulière.

Keiko, de son côté, rampa péniblement vers son amoureuse, toujours inerte. En reprenant sa forme humaine, il étira un bras afin de saisir la main de Servia, mais il sombra dans l'inconscience avant d'y arriver, les doigts à quelques centimètres seulement de ceux de l'amour de sa vie.

Les hommes de Myotis recouvrèrent leur esprit à la mort de la magicienne. Ils regardèrent autour d'eux, ne comprenant pas la raison de ce carnage. Ils se penchèrent vers Servia et Keiko, mais ils ne possédaient pas les connaissances suffisantes pour leur venir en aide. Pris de panique et craignant d'être accusés de la mort de ces gens, ils s'enfuirent dans la forêt.

ÉPILOGUE

Ils apparurent dans un éclat de lumière surpassant en intensité les éclairs de Myotis. Maracon et Ferrol avaient obtenu une permission spéciale, avec le consentement unanime de tous les autres dieux, pour descendre sur Arménis. Ils prirent une forme humaine pour se rendre sur les lieux de la bataille.

Ferrol se dirigea vers le corps inanimé de Servia, qu'il souleva délicatement et sans effort, comme s'il s'agissait d'un objet fragile. Il n'avait pas versé de larmes depuis la mort de sa fille Thermaline. Pourtant, une goutte salée comme la mer glissa le long de sa joue pour aller se perdre dans sa barbe frisée.

— Pauvre petite, ta vie aura été beaucoup trop courte et ton fardeau, incroyablement lourd pour tes épaules si frêles, déclara le dieu des eaux, ému, avant de serrer le corps inerte de Servia contre son imposante poitrine.

Maracon, de son côté, s'était penché sur Keiko, demeuré nu après sa transformation. Il grimaça en regardant ses nombreuses blessures, songeant à la douleur qu'il avait dû supporter. Il secoua la tête et poussa un long soupir.

— Ainsi s'achève la vie de ces êtres aimés des dieux, déclara-t-il, les yeux dans l'eau. Ce sont eux qui ont contribué à stopper l'ancien Culcuth dans sa folie mégalomane, et qui ont passé haut la main toutes les épreuves permettant de sauver Arménis du déluge. Ce sont eux qui ont formé l'Ordre de l'épervier, à la demande de notre mère. L'un d'entre eux est un change-forme, et l'autre est l'héritière d'un puissant royaume. Oui, leur passage sur ce monde aura été court, mais intense. Ils auraient pu être heureux encore longtemps, mais le destin en a décidé autrement.

— J'ai le cœur brisé, avoua Ferrol. Leurs âmes vagabondent certainement déjà dans les plaines de l'Ether. Je les accueillerai dans mon royaume et ils connaîtront la paix éternelle, ensemble.

— Je leur ferai la même offre, ils seront également les bienvenus chez moi, fit Maracon.

— Elle aurait tellement aimé voler, dit Ferrol en passant l'un de ses gros doigts dans la chevelure ébène de Servia.

— Et lui, retrouver sa forêt, ajouta le dieu de la terre.

— Qu'allons-nous faire de leurs corps ? demanda Ferrol. Il me répugne de les abandonner ici. Nous ne pouvons leur redonner la vie, Culcuth a pris son dû et même Agizel, ne pourrait les ressusciter.

Un sourire triste se dessina sur les lèvres de Maracon.

— Certes, nous ne pouvons leur rendre leur humanité, toutefois…

— Toutefois quoi ? fit Ferrol, intrigué par le ton de son frère.

— Tu sais que j'aime exploiter toutes les avenues possibles. Je suis sûr qu'on ne nous en tiendra pas rigueur, dit le dieu de la nature.

— Mais de quoi parles-tu ? demanda Ferrol, impatient.

— Regarde, se contenta de répondre Maracon en fermant les yeux et en posant une main sur le corps froid de Keiko.

Des poils apparurent et Keiko se transforma de nouveau en ours. Il cligna des yeux, comme s'il se réveillait d'une longue hibernation et se leva lentement en s'étirant. Maracon se dirigea ensuite vers Ferrol et posa la main sur Servia. Le dieu de la mer sentit le poids de la jeune femme diminuer, et bientôt, elle tint complètement dans la paume de sa main et devint un petit oiseau qui lissait ses plumes. Elle regarda le dieu d'un œil vif.

— Tu l'as transformée en épervier, balbutia Ferrol, surpris. Mais tu leur as redonné vie, nous n'avons pas le droit. Nous serons punis.

— Pas vraiment, dit-il. Leurs âmes errent toujours dans les plaines de l'Éther. Leurs corps ont simplement changé de forme.

Ferrol sourit.

— Enfin, elle pourra voler, comme elle en a toujours rêvé. Va ! dit-il à l'oiseau qui s'élança vers le ciel.

L'ours leur tourna le dos et s'enfonça dans les fourrés qui bordaient la forêt.

— Soyez heureux, dit Maracon en les regardant partir. Sachez qu'il reste un peu de vous dans votre fils. Nous ferons en sorte que vos armes magiques lui parviennent.

— Bon, retournons parmi les nôtres, annonça Ferrol.

— Attends, je n'ai pas tout à fait terminé.

Maracon se dirigea vers le corps de Brega, qu'il caressa doucement.

— Je ne peux pas l'abandonner ici, fit le dieu de la nature. Son courage et sa fidélité doivent être récompensés. Je t'amène avec moi, Brega. Tu trotteras pour l'éternité dans mes jardins où l'herbe pousse à profusion et où l'eau des rivières est pure. Tu pourras même à l'occasion revoir les humains que tu as si bien servis au cours de ces années.

Maracon fit un signe de tête à son frère et les dieux disparurent.

❋

À maintes lieues de là, Thomas, héritier de Ferrolia, fils de Servia et de Keiko, éprouva un malaise. Il fut pris d'étourdissements qui provoquèrent des haut-le-cœur. Il s'excusa au prêtre qui lui enseignait l'astronomie et tituba jusqu'à sa chambre. Quand il arriva pour s'étendre sur le lit, il vit que des objets y avaient été déposés. Il reconnut le bâton de son père, l'arc et le carquois de sa mère. Sur l'édredon reposaient aussi la boucle d'oreille de Keiko et le pendentif de Servia. Sans qu'il sache comment, il comprit que ses parents étaient décédés. Il s'effondra sur le lit en pleurant, serrant leurs armes contre sa poitrine.

Une étrange sensation le tira de sa tristesse. Il sentit sa main droite s'engourdir. Il la regarda et vit avec étonnement qu'elle était entièrement recouverte de poils noirs. Dans cette fourrure noire apparut lentement, en blanc, la silhouette d'un l'épervier.

❋

L'ours s'était trouvé une tanière sèche et confortable. La forêt regorgerait bientôt de petits fruits, mais pour l'instant, il devait chasser, mangeant tout ce qu'il pouvait trouver: les insectes, dans les troncs morts, qu'ils déchiquetaient de ses puissantes griffes, les lièvres, les petits rongeurs et même des daims, parfois. Et quand il avait beaucoup de chance, il dénichait une ruche remplie de miel. Cette gâterie compensait les nombreuses piqûres d'abeilles.

Alors qu'il se reposait en bordure de la forêt, il entendit un cri strident. Il leva la tête et vit un oiseau se poser sur un tronc d'arbre, tout près de lui. L'épervier observa l'ursidé, penchant la tête d'un côté puis de l'autre. Ce dernier tenta d'identifier le nouveau venu. Il avait l'impression que cet animal ne lui était pas étranger. Il fit un pas vers l'avant. L'épervier ne broncha pas. L'ours approcha son nez et sentit l'oiseau, dont les plumes s'ébouriffèrent sous son souffle.

L'épervier s'envola finalement, mais plutôt que de s'enfuir à tire-d'aile, il vint se poser sur le dos du gros mammifère. Aucune des bêtes ne savait pourquoi, mais la présence de l'autre lui procurait un sentiment de sécurité et de bien-être. Un lien puissant persistait entre eux, vestige de leur humanité perdue.

Les mois passèrent, puis les années, et ils demeurèrent toujours ensemble. Ils en vinrent même à collaborer pour chasser le gibier. L'épervier repérait leur cible de son regard perçant et l'ours suivait au sol, guidé par ses cris. La plupart du temps, l'ours tuait les proies et il donnait un bout de viande à l'épervier. Parfois, l'épervier rapportait dans ses serres un petit oiseau, dont l'ours ne faisait qu'une bouchée.

Ils passèrent de longues années ensemble, jusqu'à ce que la nature reprenne son dû. Affaiblis par la vieillesse, ils moururent paisiblement dans leur tanière, blottis l'un contre l'autre, par une journée d'hiver extrêmement froide.

❋

La Dame Blanche rendit visite aux dieux, ses enfants. Elle en profita pour descendre à son tour sur Arménis et prit l'ours dans sa main droite, et dans la gauche, le petit épervier brun.

— Je sais que vos âmes ont trouvé le repos, mais je tiens à ce que les gens se souviennent de vous à jamais, pour tout ce que vous avez accompli pour l'amour de ce monde et de vos semblables.

La nuit était claire et des milliers d'étoiles brillaient dans le ciel froid d'hiver. La lumière de la lune se reflétait sur la neige que le vent du nord balayait en rafales. Ce jour-là, grâce à l'intervention de la mère de tous les dieux, trois nouvelles constellations apparurent dans le firmament. Il y avait celle de l'Épervier, dont l'étoile qui formait la pointe de l'aile gauche était aussi le bout du museau de celle de l'Ours. Les amoureux étaient représentés pour l'éternité, côte à côte, dans le ciel d'Arménis. Une autre petite constellation était aussi apparue à la limite de la ligne d'horizon. Il s'agissait de celle de l'Âne.

On raconte qu'elle n'est visible que l'hiver, par temps clair et froid, et qu'elle apparaît seulement afin de réchauffer l'épervier et l'ours. Au fil des siècles, on oublia l'origine de ces trois formations stellaires, mais on se souvint à jamais de leurs noms: Servia l'Épervier, Keiko l'ours et Brega l'âne.

REMERCIEMENTS

Remerciements: Un simple merci pour avoir fait de moi ce que je suis. Merci encore à Larry et Bruno pour la carte et le panthéon des dieux. Merci aux éditions ADA et à Louis-Pier Sicard, directeur de collection, à Sylvie-Catherine pour la direction littéraire et à Sophie pour les corrections, bref, à tous ceux qui ont contribué à la création de ce projet qui me tenait à cœur. La publication d'un roman est un travail d'équipe, une chaîne bien huilée où chaque maillon a son importance.

www.guybergeron.com

www.facebook.com/Guy-Bergeron-Auteur

DU MÊME AUTEUR AUX ÉDITIONS ADA

Évelyne est morte, collection Corbeau 2018

Le métamorphe, Collection Panache 2019

Valse macabre (série Menvatts), Collection Corbeau 2019

Au nom de Libra, Collection Panache 2020

- Feren, nécromancien
- Les champions de Libra
- Alliances

ADA GROUPE

www.ada-inc.com
info@ada-inc.com

www.facebook.com/editionsada • www.twitter.com/editionsada